완전기억자

강형욱 현대판타지 장편소설

MODERN FANTASY STORY & ADVENTURE

5

dream
books
드림북스

완전기억자 5

초판 1쇄 인쇄 / 2015년 3월 23일
초판 1쇄 발행 / 2015년 3월 30일

지은이 / 강형욱

발행인 / 오영배
책임편집 / 편집부
펴낸 곳 / (주)삼양출판사 · 드림북스

주소 / 서울시 강북구 도봉로 173
대표 전화 / 02-980-2112 팩스 / 02-983-0660
편집부 전화 / 02-980-2116 팩스 / 02-983-8201
블로그 / blog.naver.com/dreambookss

등록번호 / 제9-00046호
등록일자 / 1999년 3월 11일

ISBN 979-11-313-0261-3 (04810) / 979-11-313-0185-2 (세트)

* 지은이와 협의하에 인지는 생략합니다.
* 잘못된 책은 구입한 곳에서 바꾸어 드립니다.

이 도서의 국립중앙도서관 출판시도서목록(CIP)은 서지정보유통지원시스템홈페이지
(http://seoji.nl.go.kr)와 국가자료공동목록시스템(http://www.nl.go.kr/kolisnet)에서
이용하실 수 있습니다. (CIP제어번호: 2015008728)

완전기억자

강형욱 현대판타지 장편소설

MODERN FANTASY STORY & ADVENTURE

5

dream
books
드림북스

목차

Chapter. 01

밤이 되어도 강남은 여전히 불야성이다.

휘황찬란한 네온사인들이 줄지어 늘어서 있고 반짝반짝 오묘한 빛을 뿜어낸다.

강남의 밤거리는 또 다른 의미에서 활발해진다.

고급 요정, 텐프로, 룸살롱, 안마방 등 온갖 업소들에 손님들이 줄지어 밀려들기 때문이다.

지하경제라는 말을 들어 본 적이 있는가.

과세의 대상이 되지 않고자 또는 정부의 규제를 피하기 위해 온갖 수단을 가리지 않고 동원되어 이루어지는 숨은 경제를 이야기한다.

이곳 강남에는 그 지하경제가 꿈틀거리고 있다.

대부분의 사람들은 모른다.

그러나 이 바닥 생리를 아는 사람들은 밤에 이곳에서 들어갔다 나갔다 하는 돈이 얼마나 많은지 익히 잘 알고 있다.

재작년 취임한 대통령은 당시 선거 공약으로 지하경제 양성화를 내놓았다. 지하경제를 양성화시켜 복지 재원을 마련하겠다고 포부를 밝힌 셈이다.

그러나 2년이 지나도록 이 공약은 지켜지자 않고 있다.

지하경제의 규모가 얼마인지, 그리고 이게 실현이 정말 가능한 것인지 불확실하기 때문이다.

사실 지하경제의 양성화라는 것은 새로운 정부가 출범할 때마다 내놓는 단골 카드였다. 잡히면 좋은 거고 안 잡히면 어쩔 수 없는 것이고.

그 지하경제는 긴밀한 커넥션을 이루고 있다.

이 지하경제에 선을 대고 있는 사람들은 정말 많다.

그들 대부분 신문에 이름이 오르락내리락하는 유명 인사들이다. 개중에는 재벌 그룹 총수도 있고 고위 장·차관들도 있으며 여당과 야당의 국회의원들도 즐비하다.

그렇다 보니 지하경제를 양성화하고 싶어도 그게 불가능한 것이다. 이들이 전부 다 연결되어 있는 상황에서 쉽게 그것을 건드릴 수 없다는 의미다. 한 번 잘못 건드리면 그 파급력이 어마어마하다. 웬만한 검사는 목이 날아갈 텐데 옷 벗을 각오를 하지 않고서는 덤빌 수 없다. 설령 덤빈다고 해도 해결하기는커녕 쥐도 새도 모르게 좌천당하거나 혹은 아무것도 알아내지 못한 채 옷 벗을 가능성이 상당하다.

"이곳인가 보네."

박건형이 르네상스 앞에 도착한 것은 삼십여 분쯤이 지나서였다.

보통 차를 타고 걸릴 거리를 달려서 온 것이다.

그러나 땀 한 방울 나지 않고 있었다.

완전기억능력이 신체를 극도로 활성화시켰고 그로 인해 비약적으로 속도가 빨라지고 운동신경이 살아났다. 거기에다가 신체 능력이 급격히 좋아지면서 웬만한 올림픽 금메달리스트만큼 좋아진 상태였다.

그러나 박건형은 무턱대고 르네상스 안으로 들어갈 생각은 없었다.

지금 그가 잡은 것은 뱀의 꼬리다.

섣부르게 꼬리를 건드렸다가는 오히려 뱀의 머리를 놀라게 할 수 있었다.

그러면 십중팔구 물릴 수밖에 없다.

그보다는 단숨에 뱀의 머리를 눌러야만 했다.

그러기 위해서는 지금 그 어느 때보다 신중해야 할 필요가 있었다.

일단 그는 혼자 술집에 찾아온 사람인 것처럼 르네상스 룸살롱 안으로 발걸음을 옮겼다.

앞에 서 있는 양복 입은 사내가 의아한 얼굴로 물었다.

"혼자 오셨습니까?"

"예."

"죄송하지만 저희는 예약제로 운영이 됩니다."

"예약제요?"

"예. 그러니까 다음번에 예약하고 찾아와 주셨으면 합니다."

박건형은 미련 없이 르네상스 앞을 벗어났다.

그런 다음 그는 뒷문으로 향했다. 정면으로 뚫고 들어가는 것은 불가능해진 상황, 다른 수를 내야 했다.

그러기 위해서 선택한 것은 르네상스의 머리를 노리는 것이었다.

이런 룸살롱 같은 경우 주변의 CCTV를 이용해서 철저하게 단속을 해 둔다. 낯선 사람, 의심 가는 사람이 올 경우 그것을 확실하게 파악해 두고 또 경계해 두기 위해서다.

그리고 대부분 그런 곳은 의외로 허술한 곳에 숨겨져 있다.

발밑이 어둡다는 이야기가 괜히 있는 게 아니다.

뒷문으로 돌아온 건형은 그곳을 지키고 서 있는 두 명의 사내를 슬며시 바라봤다. 그는 그들의 시야를 피해 숨은 상태에서 청력을 집중시켰다.

점점 더 사방으로 귀가 트이기 시작했다. 그리고 급기야는 미세한 소리까지 하나하나 빠짐없이 들을 수 있었다.

— 아까 전 그놈 낯이 익지 않았어?

— 글쎄. 어두워서 확인할 수가 없더군. 누군데?

— 그 연예인 말이야. 이름은 기억이 안 나는데…….

— 여기 찾아오는 사람들 중에서 그런 사람이 한둘이야? 대부분 건너건너 아는 사람들이니까.

— 하긴 아까 전에는 백희연도 왔던데? 진짜 장난 아니게 예쁘더라고. 몸매도 죽여주는 게…….

음담패설이 오고 가기 시작했다.

이야기를 들어 봐도 알 수 있었다.

이 근처 CCTV를 통해 주변을 감시하고 있는 놈들이 근처에 자리 잡고 있었다.

소리를 인식하는 뇌의 한 부위가 점점 더 확장되었다. 그리고 소리가 들리는 방향을 향해 탐지해 들어갔다.

CCTV로 감시하고 있는 곳은 조금 더 아래로 보였다.

지하인 듯했다.

녀석들이 궁시렁거리는 소리가 들렸다.

— 빌어먹을, 우리가 쥐새끼도 아니고 언제까지 여기 갇혀 있어야 하는 거야.

— 그러지 마. 그래도 간혹 좋은 거 들어올 때도 있잖아. 지난번에 그 여자애 괜찮지 않았냐? 들어 보니까 내년에는 데뷔한다던데.

— 하긴. 보스 밑에 있으니까 이런 것도 받아먹는 거 아니겠어? 휴, 일은 빡세지만 그래도 돈도 잘 나오고 그 짓도 하고. 누이 좋고 매부 좋고. 딱이긴 하지.

방금 전만 해도 궁시렁대던 녀석의 목소리가 확실히 밝아졌다.

건형은 그들의 대화를 들으며 악취를 느꼈다.

녀석들이 생각하는 것이 얼마나 더러운지 확연히 다가오고 있었다.

'단숨에 진입한다. 속전속결이 답이야.'

건형은 껄렁껄렁한 몸놀림으로 뒷문에 가까이 다가갔다.

갑자기 사각에서 건형이 나타나자 녀석들이 얼굴을 구겼
다.

만약 암습이라도 당했다면 위험할 뻔한 순간이었다.

"누구냐?"

둘 중 한 녀석이 입을 열었다.

건형은 멋쩍게 웃어 보이며 말했다.

"르네상스에 들어가고 싶은데 자리가 없다고 해서 혹시
뒷문으로 들어갈 수 있나 와 봤는데."

"이 새끼, 정신 나간 놈이네. 험한 꼴 당하기 싫으면 그
만 가라."

"하하, 미안한데 그게 조금 어려워서 말이지. 사정이 있
거든."

"사정?"

"그게 음…… 알아볼 게 있어서 말이야."

뒷문 쪽은 일부러 CCTV를 설치해 두지 않은 듯했다.

이곳에 오기 전 샅샅이 알아본 건형이다.

건형은 슬며시 그들에게 가까이 다가갔다.

그들이 긴장하는 것이 느껴졌다.

숨소리, 호흡, 움직임, 이런 것들을 통해서 확연하게 알 수 있었다.

그들 근처까지 다가간 건형이 순간적으로 기습을 꾀했다.

스읍—

완전기억능력을 통해 건형의 신체는 강화되어 있었다.

건형은 이것을 전뇌력을 이용한 활성화라고 명명해 뒀었다.

뇌를 조작하여 극히 제한된 시간이지만 신체의 일부분을 활성화해서 최대치를 끌어내는 것.

그것이 바로 활성화다.

건형이 활성화된 주먹으로 사내 중 한 놈의 명치를 향해 그대로 감아 들어갔다.

퍼억—

둔탁한 소리가 울렸다.

사내는 알고 있었다.

건형의 움직임이 수상쩍다는 것을.

그래서 계속 준비를 해 두고 있었다.

이 녀석이 조금이라도 의심이 가는 행동을 한다면?

호주머니에 넣어 둔 손을 빼서 그 안에 들어 있는 날카로운 검을 주저 없이 배에 쑤셔 넣어줄 생각이었다.

그런데 생각대로 되질 못했다.

그러기엔 상대의 속도가 지나칠 정도로 빨랐다.

"커, 커억."

게다가 대단히 묵직했다.

마치 돌멩이, 아니 쇠로 만든 해머로 배를 부서트리는 것 같은 느낌이었다.

사내 하나가 쓰러지는 사이 다른 동료가 황급히 허리춤에 숨겨 뒀던 사시미를 꺼냈다.

인정사정 봐줄 필요 없었다.

게다가 같이 망을 보는 녀석이 호흡 곤란 증세를 보이며 얼굴이 새파랗게 질린 상태였다.

"이 새끼……."

그러나 채 사시미를 휘두르기 전이었다.

공간이 빙글빙글 돌았다.

마치 누군가 귓속에 물을 부어 버린 것처럼 정신을 차릴 수 없었다.

한 놈을 때려눕힌 건형이 그대로 다른 녀석의 전정기관을 흔들어 준 것이었다.

관자놀이를 가볍게 툭 쳤지만 그 가벼움 안에는 무지막

지한 힘이 담겨 있었다. 그리고 그것 때문에 귓속 달팽이관이 흔들렸고 그로 인해 공간이 이리저리 뒤섞인 것처럼 왔다 갔다 하게 된 것이다.

순식간에 두 명이 쓰러졌다.

무주공산.

건형은 주저 없이 뒷문을 열고 안으로 들어갔다.

아까 전 청각을 집중해서 어느 정도 상황을 살펴 둔 상태였다.

룸살롱답게 손님과 여종업원 간의 끈적끈적한 이야기가 많았다. 가끔 거칠고 야릇한 신음 소리가 오고 가기도 했었다.

건형은 곧장 주변을 살폈다. 바로 옆쪽에 출입금지로 되어 있는 문 하나가 있었다. 주변에는 아무도 없었고 건형은 곧장 그 안으로 발걸음을 옮겼다. 바로 이 아래에 관리실이 있다는 것을 파악할 수 있었다.

점점 더 소리가 가깝게 들리고 있었다.

'여기 아래에 있군.'

그는 바닥을 꼼꼼히 살폈다. 그리고 이음새가 약간 맞지 않는 부분을 찾아냈다.

아마 이곳이 아래 있는 관리실과 통하는 길목일 터.

여기서 선택이 크게 두 가지로 나뉜다.

문을 열고 바로 안으로 들어가느냐 아니면 상대가 먼저 문을 열 때까지 기다리느냐.

전자를 선택하면 위험 부담이 있다는 단점이 있다.

이게 바깥으로 흘러나가면 여러모로 귀찮아진다.

게다가 강해찬 국회의원의 끄나풀, 그 사람이 눈치를 챌 수도 있다.

후자를 선택하면 그런 점을 크게 줄일 수 있게 된다. 단점은 그만큼 시간이 걸린다는 것이고 그때 강해찬의 끄나풀이 사라질지도 모른다는 점이 있다.

양자택일을 해야 할 시간.

건형은 주저 없이 움직이기로 마음먹었다.

바깥에 쓰러진 덩치들.

그 녀석들이 언제 발견될지 알 수 없는 일이었다.

쿵쿵―

건형은 일부러 발소리를 크게 냈다.

― 아, 무슨 일이야.

― 일할 때는 찾아오지 말랬는데 멍청한 자식이.

― 네가 나가 봐. 무슨 일이 있나 보지.

— 귀찮은데. 알았어.

신경질적인 목소리가 들렸다.

원래는 들리지 않아야 정상이지만 일부러 청각에 집중을
해 뒀기에 가능한 일이었다.

'누군가 이들을 커버해 주는 사람이 있는 모양이군.'

짐작이지만 이들의 심부름을 대신해 주는 사람이 있는
것 같았다.

그렇지 않고서야 저런 대화를 나눌 리가 없었다.

건형은 잠자코 기다렸다.

그때였다.

삐거걱—

육중한 철문이 열리고 한 사내가 고개를 빼꼼 내밀었다.

깡마른 얼굴에 양 볼이 홀쭉 파인 사내다.

"야, 어디 갔어!"

그때, 건형이 그를 끌어 올렸다.

"커헉."

물론 말은 할 수 없게 단숨에 목젖을 가볍게 제압했다.

녀석이 두 눈을 큼벅거리며 건형을 쳐다봤다.

그 눈빛이 마치 '이 미친 새끼가 여기서 뭐하는 거야?'
이런 말을 꺼내고 싶어 하는 듯했다.

건형은 멋쩍게 웃어 보였다.

어차피 둘 중 한 명만 있으면 그만이다.

목덜미를 내려쳐서 그를 기절시킨 다음 건형은 다시 기다리기 시작했다.

사람은 호기심의 동물이다.

호기심이 생기면 궁금해하게 되고 당연히 기어 나올 수밖에 없다.

물론 청각은 극도로 예민하게 해 둔 상태.

만약 여기서 녀석이 다른 움직임을 보이려고 한다면 곧장 내려가서 제압할 생각이었다.

잠시 뒤 한 녀석이 궁시렁거리며 올라오기 시작했다.

"아니, 이 새끼는 지 혼자 여자 안으러 갔나. 왜 소식이 없…… 커헉."

이번에도 거미줄에 걸린 한 마리 나방 신세가 되었다.

사내는 영문도 모른 채 멱살이 잡힌 상태로 끌려 올라왔다.

건형은 그 역시 기절시켰다.

두 명 정도가 지키는 듯 더 이상 인기척이 들리지 않았다.

건형은 안으로 파고들었다.

관리실이라고 명명되어 있는 곳에는 수십여 대의 모니터가 깔려 있었다. 그 모니터를 통해 외부 곳곳을 확인해볼 수 있게 되어 있었다.

찬찬히 모니터를 둘러보던 건형은 일단 지혁에게 연락을 걸었다.

"형, 저예요."

[그래, 르네상스는 도착했어?]

"일단 관리실까지 점거는 했어요. 그런데 그 끄나풀이 안 보여요."

휴대폰에는 지혁이 알려 준 끄나풀의 신상 정보가 가득 담겨 있었다.

문제는 룸 어디를 둘러봐도 녀석이 보이질 않는다는 것이었다.

[CCTV로 감시하지 않는 곳에 있는 거 아닐까?]

"VVIP룸 같은 곳이요?"

[그래, 그런 곳에 있을지도 모르지.]

"잠시만요."

건형은 전화를 음소거 해 둔 다음 다시 한 번 청력에 집중했다.

사방 곳곳에서 목소리가 들렸다.

남녀가 함께 뒹구는 소리, 술잔이 부딪치는 소리, 교태롭게 웃는 소리.

그런데 묘했다.

어느 한 곳에 이르면 그 소리가 뚝 끊긴 것처럼 조용해졌다.

그때였다.

잠깐의 틈에서 소리가 들렸다.

― 아이, 그러지 마세요.

― 내가 누군지 알아? 강 의원님이…… 너 뭐야?

― 죄송합니다, 손님. 급한 일입……

목소리가 들렸다.

강 의원.

여기서 확증을 잡았다.

철저하게 방음이 되어 있는 곳에 그자가 있는 것 같았다.

"형, 찾은 거 같아요. 나중에 다시 연락할게요."

[절대 네 정체를 들키지 않게 하고 조용히 납치해 와. 그 자를 통해서 확실히 알아내야 하니까.]

"알았어요."

지혁이 알려 준 대로라면 그는 강해찬 국회의원을 지척에서 모시는 수석보좌관 장형철일 터.

단숨에 그를 사로잡아 데려가야만 했다.

관리실에서 나온 건형은 곧장 위로 올라왔다.

두 사내는 여전히 기절해 있었다.

그들을 곱게 포갠 상태로 관리실에 떨어트린 뒤 건형은 문을 굳게 닫았다.

누군가 직접 확인하러 오기 전까지는 무슨 일이 생겼는지 아무도 알지 못할 터였다.

그런 다음 건형은 아까 전 소리가 나지 않았던 그곳으로 향했다.

그때였다.

그 앞을 덩치 큰 사내들이 줄줄이 가로막았다.

한눈에 봐도 포스가 있어 보이는 게 보통 녀석들은 아니었다.

'조직폭력배? 아니야. 그보다는 더 훈련된 자들.'

"네가 박건형이겠군."

그들 뒤에 한 사내가 모습을 드러냈다.

'장형철? 아니야. 사진과 달라.'

"장 보좌관님을 찾는 것이라면 그건 안 되겠다고 이야기해 주지. 그분은 애초에 여기 오신 적이 없으니까 말이야."

'정보가 꼬였다고?'

건형의 머릿속이 복잡해졌다.

지혁의 정보망은 세계 최고 수준이다.

일루미나티 못지 않다고 할 수 있다.

그런데 그 정보망이 헝클어졌다. 그렇다는 건 무슨 문제가 발생했다는 것이다.

더불어 지혁이 위험할 수도 있다는 이야기다.

전화를 걸고 싶었지만 그럴 수는 없었다.

자신이 지금 동요하고 있다는 것을 섣부르게 드러낼 수 없었다.

"확실히 예사롭지 않아. 나이답지 않게 신중하단 말이야."

건형은 그를 노려보며 물었다.

"너는 누구지?"

"나? 장 보좌관님과 긴밀한 관계에 있다고만 해 두지. 그보다 말이 짧은데 버릇을 좀 고쳐 줘야겠어. 이래 봬도 내가 너보다 이십 년은 더 나이를 먹었단 말이지. 하여간 요즘 어린 새끼들은 전부 다 버르장머리가 없어."

그는 잔뜩 구겨진 얼굴로 품에서 야구 배트를 꺼내 들었다.

"소란 피우기 싫으면 조용한 곳으로 자리를 옮기는 게 어떨까? 엉?"

"여기서 해도 상관없는데?"

오히려 좁으면 건형에게 더 유리하다.

그만큼 녀석들이 여럿이서 동시에 공격해 올 수 없기 때문이다.

굳이 녀석들의 의도대로 해 줄 필요는 없었다.

"사서 매를 벌겠다면 그렇게 해 줘야지."

그때였다.

뒤쪽 룸에서 사람들이 연이어 나오기 시작했다.

그들 모두 단단한 체구에 손에는 저마다 무기 하나씩을 들고 있었다.

사시미도 있었고 야구 배트도 있었고 무슨 일본도 같은 것도 있었다.

'단단히 준비를 해 왔네.'

족히 수십여 명은 넘어 보이는 숫자.

이 녀석들 모두 단단히 경각심을 품고 온 듯했다.

개중에는 조직폭력배도 있었고 전직 특수부대 출신의 요원도 있는 것 같았다.

하나같이 내뿜는 살기가 예사롭지 않았다.

"어떻게 할래? 순순히 따라갈래? 아니면 뒤지게 맞고 따라올래?"

결국 무엇을 선택하든 따라오라는 이야기다.

만약 그를 따라간다면 얻을 건 하나 없다.

장형철이라는 수석보좌관을 만나서 협박을 실컷 당하고 죽든가 고문을 당하든가 하겠지.

괜히 남의 안마당에 들어가서 싸울 필요는 없는 것이다.

건형이 아무 말도 하지 않자 그가 눈빛을 보냈다.

그리고 수십여 명이 넘는 사내들이 건형에게 달려들었다.

스르륵—

건형은 처음 자신을 향해 휘두르는 사내의 방망이질을 피해 냈다. 그리고 자신을 향해 또 한 번 파고드는 사내의 얼굴을 그대로 무릎으로 찍었다.

"커헉."

한 명이 그대로 나동그라졌다.

피가 뿜어지고 이빨이 옥수수 털 듯 우수수 빠졌다.

'한 명은 아웃이고.'

그래도 여전히 스무 명이 넘는 놈들이 남아 있다.

하나같이 만만치 않은 자들.

건형은 활성화를 본격적으로 시작했다.

몸에서 힘이 들끓어 올랐다.

시야가 바뀌었다.

사람들의 움직임이 눈에 띄게 둔해졌다.

그 흐름 속에서 건형이 날뛰기 시작했다.

"크억."

가장 앞서 있던 중년 거한이 무너졌다.

손쓸 틈도 없었다. 귀신이 스으윽 지나가는 것 같다고 생각하는 순간 정신이 얼얼해져 있었다. 어디를 맞은지도 알 수 없었다.

갑자기 뒷골이 땡기더니 정신이 어지러워졌다.

두세 명도 동시에 무너졌다.

건형은 가장 효율적인 방법으로 그들을 제압했다.

턱.

턱은 단단한 뼈로 보호받고 있지만 이 턱을 맞게 되면 뇌가 흔들리게 된다. 그리고 그 뇌가 흔들리는 순간 균형을 일시적으로 잃게 되고 판단 능력마저 떨어진다.

주변에 있던 거한 두 명을 그대로 쓰러트린 건형은 다른 거한들마저 빠른 속도로 제압하기 시작했다.

속수무책으로 쓰러지자 놀란 것은 장형철과 연관이 있다는 사내였다.

그는 당혹스러운 얼굴로 건형을 쳐다봤다.

생각했던 것과는 너무나도 딴판이었다.

장형철 수석보좌관의 명령에 따라 그는 은밀하게 박건형의 뒷조사를 해 왔다. 그리고 생각보다 평범한 그의 이력에 놀랐었다.

딱 봐도 그냥 평범한 모범생 그 이상도 이하도 아니었다.

수학능력시험을 잘 봐서 명문대학교에 입학한 철부지.

운 좋게 퀴즈쇼에서 우승한 이후 돈맛을 알고 난 다음 정신 못 차리는, 어리석은데 세상 물정까지 모르는 놈으로 생각됐다.

그런데 오늘 마주한 박건형은 그 프로필과 전혀 달랐다.

저 정도 싸움 실력이면 무슨 특수부대를 나왔거나 그랬어야 했다.

그런데 자신이 알아본 바에 따르면 군대도 현역 만기 제대였다. 현역 만기 제대가 대단한 건 아니지 않은가.

'미치고 팔짝 뛰겠네.'

장형철한테 호언장담했던 그다.

약속을 제대로 지키지 않으면 장형철이 얼마나 냉정해지

는지 누구보다 가장 잘 아는 것도 그다.

그가 이 함정을 파기 위해 얼마나 공을 들였는지 알고 있기 때문에 더욱더 골치가 아플 수밖에 없었다.

만약 그가 살아 돌아가게 되면 꼬리가 밟힐 수밖에 없기 때문이다.

'좆 됐다.'

사실상 망한 것이나 다름없다.

일단 살길을 모색해 봐야 했다. 이 정도면 충분히 제압할 것이라고 생각했는데 제압하기는커녕 역으로 당하게 생겼으니까.

'도망칠 길이…….'

문제는 도망칠 길이 딱히 보이질 않는다는 점이다.

'젠장.'

걱정되는 건 장형철이다. 그가 무슨 보복을 해 올지 알 수 없어서다.

여전히 그는 건형을 무시하고 있었다.

그렇지만 그것이 오판이라는 것을 알게 되는 것까지는 얼마 걸리지 않았다.

르네상스가 개판이 됐다.

복도 곳곳에 어디 한 군데가 부러진 사내들이 널브러져 있었다.

화장실을 가려고 나오려 했던 손님들은 하나같이 룸 안에 갇혔다.

그들을 모두 정리했을 때 대장으로 보이던 사내는 이미 도망친 지 오래였다.

물론 건형은 그 사실을 알고 있었다.

그러나 그를 뒤쫓기엔 상대해야 할 사람이 너무 많았다.

놓치긴 했지만 크게 문제 될 일은 없었다.

다시 잡으면 그만이니까.

그들을 전부 다 처리하고 난 뒤에야 건형은 지혁에게 전화를 걸었다.

다행히 지혁에게 별다른 일은 없는 것 같았다.

[어떻게 됐어? 그놈은 잡았어?]

"아뇨. 함정이더라고요."

[뭐? 함정이었다고?]

"형도 조심해요. 막말로 그쪽에 누구를 보냈을지 어떻게 알겠어요."

그래도 걱정이 덜 되는 건 지혁의 집 주변에 광범위한 감시망이 펼쳐져 있다는 것이다.

그것을 전부 다 파훼하지 않고서는 지혁을 붙잡을 수 없다.

게다가 지혁도 전직 특수부대 출신이다. 그를 신뢰할 요건은 충분하다.

"일단 곧장 거기로 갈게요."

[뒤에 따라붙는 사람 없나 잘 확인하고.]

"물론이죠. 있다가 봐요. 한번 알아봐야 할 게 있어요."

전화를 끊은 뒤 건형은 르네상스 밖으로 나왔다.

멀리서 사이렌 소리가 울리고 있었다.

경찰차들이 출동한 모양이다.

룸 안에 갇혀 있던 누군가가 신고를 했겠지.

그런데 소리가 요란한 걸 보니 인근 파출소에서 경찰병력은 몽땅 끌어모은 모양이다.

이 소란스러운 현장에 오래 남아 있을 필요는 없었다.

뒷문으로 빠져나온 건형은 곧장 몸을 날렸다.

그의 모습이 어둠에 잠겼다.

첫 번째 미션은 반쯤 실패다. 오히려 함정에 걸릴 뻔했으니까.

사실 그나 지혁 둘 다 예상하지 못했던 결과였다.

그러나 그것은 두 사람에게 경각심을 충분히 가져다 줬

다.

언제든 이런 경우를 상정해 놓고 움직여야 한다는 의미 였으니까.

건형은 최대한 사람 눈에 띄지 않게끔 움직였다.

대한민국은 산이 많은 나라다. 개발이 많이 되긴 했지만 산을 아예 통째로 밀어 버린 것은 아니다 보니 산길이 많 다.

건형은 그 산길을 통해 움직였다. 평지로 다니는 것보다 힘이 두 배 이상 드는 것은 사실이었지만 사람들의 눈을 피 하려면 어쩔 수 없는 일이었다.

'어떻게 알았을까?'

지혁에게 가면서 몇 가지 의문이 들었다.

상대는 자신이 오리라는 것을 어떻게 알았을까?

그는 이미 만반의 준비를 갖춘 상태였다.

자신이 올 것을 확신했다는 모습이었다.

'정보가 새어 나간 걸까?'

결국 답은 하나뿐이다.

정보가 새어 나간 것이다.

지혁이 완벽할 수는 없다. 그도 인간이고 실수를 할 수밖에 없다.

그러면 어디서 실수가 생긴 걸까.

그것을 알아내야 했다.

그렇지 않으면 상대를 추월할 수 없기 때문이다.

산등성이를 넘고 넘은 뒤에야 건형은 지혁 별장 근처에 도착했다.

그런데 분위기가 묘했다.

마치 주변을 누군가가 서성이는 느낌?

건형은 청각을 넓게 둘렀다.

그러고 나서 지혁에게 문자를 보냈다.

전화를 하는 건 위험했다. 이렇게 탁 트인 곳에서는 몇 킬로미터 이상 목소리가 흘러나갈 수 있으니까.

[집 안에 있어요?]

[응. 그런데 분위기가 이상해.]

지혁도 눈치를 챈 것이 분명했다.

주변의 기감이 묘하게 다르다.

보통 사람은 알 수 없지만 특수부대 요원들은 이것을 안다.

[일단 저 밖에 있는데 제가 둘러볼게요.]

[도와줄까?]

[괜찮아요. 제 한 몸은 제가 챙길 수 있어요.]

[알았다.]

건형은 휴대폰을 안주머니에 넣은 다음 기감을 최대한 감추고 주변을 훑기 시작했다.

그리고 그는 별장에서 멀리 떨어지지 않은 야트막한 분지에 일단의 무리가 옹기종기 모여 있는 것을 확인했다.

그들은 불도 피우지 않고 조심스럽게 주변을 경계하며 무언가를 계속 확인하고 있었다.

'뭐하는 자들이지?'

건형은 경각심을 거두지 않았다.

강해찬 국회의원이 보낸 자들일지도 몰랐다.

"슬슬 들어가 봐도 되지 않겠습니까?"

"아직 명령이 안 떨어졌다. 기다리고 있어."

"예, 알겠습니다."

철저한 상명하복으로 이루어져 있다. 동작에도 절도가 묻어 나온다.

평범한 자들은 아니라는 이야기다.

어디서 흔히 구할 수 있는 조직폭력배도 아니다.

잘 훈련된 정예.

'군인?'

그러자 생각이 미치는 건 군인 혹은 경찰이다.

강해찬 국회의원은 여당의 6선 의원이다. 실세 중의 실세. 그리고 킹메이커이기도 하다.

그는 절대 외부에 자신의 존재를 함부로 드러내지 않는다. 그가 원내 수석부대표에 만족하는 것도 그런 이유 때문이다.

만약 그가 야욕이 더 컸다면 지금쯤 대통령을 노리고 있을지도 모른다.

그러나 그는 자신의 권력욕을 최대한 억눌렀다.

그리고 그것은 결과적으로 그의 정치 생명을 길게 가져갈 수 있게 도와줬다.

권력이 생기면 필연적으로 그 주변에 날파리들이 꼬인다.

권력자, 정치가, 재벌, 군인 등.

강해찬 국회의원의 영향력이라면 특수부대 한두 개쯤 휘하에 두고 있어도 전혀 어색하지 않다는 이야기다.

"작전 승인 났다. 최우선 목표는 김지혁이다. 그다음 목표는 박건형. 두 사람 모두 생포할 수 있도록 한다. 그리고 저 별장에 있는 모든 자료는 압수해 간다."

"만약 계속해서 반항하면 어떻게 합니까?"

"그때는 죽여도 상관없다."

그들이 일어섰다.

수는 모두 열.

하나같이 단단한 근육질 체구에 범상치 않은 실력자들이다. 지난번 싸웠던 전직 특수부대 출신 요원들과는 질적으로 차이가 났다.

현장에서 뛰는 자들과 현장에서 물러난 자들.

그들끼리는 현저한 차이가 있기 때문이다.

그리고 그들이 현장을 정리하고 별장을 향해 빠른 속도로 움직이려고 할 때였다.

건형이 그들 앞을 막아섰다.

그들을 막아선 이유는 간단했다.

아직 지혁은 몸 상태가 완벽하지 못하다.

미국에 있을 때 고생했던 것 때문에 여전히 몸 감각이 정상이 아니다.

그에게 두세 명 정도 달라붙는다고 하면 위험해질 게 분명하다.

그러면 건형이 움직일 수 있는 폭이 좁아진다.

그럴 바에는 먼저 치는 것이 낫다는 판단에서였다.

Chapter. 02

건형이 등장하자 놈들의 표정이 바뀌었다.

그럴 수밖에 없다.

주변을 철저하게 경계하고 있던 그들이다.

누군가가 이렇게 가까이에 와 있을 줄 알았다면 그 즉시 제거했을 터.

그들에게는 뼈아픈 실수였다.

아니, 실수라기보다는 실력 차이겠지만.

그들 중 대장으로 보이는 자가 입을 열었다.

"너는 누구냐?"

말이 곱지 않다.

길을 잘못 든 행인이라고 변명해 봤자 그들은 인정사정 봐주지 않을 것이 분명하다.

"당신들이 찾는 사람."

"박건형?"

김지혁은 집 안에 있는 것을 확인했다.

그러나 박건형은 집에 없었다. 그리고 몇 분 전 윗선에서 연락을 받았다. 박건형이 서울 강남에 있는 르네상스라는 술집에 나타났고 그곳을 깽판 쳤다는 것.

그 연락을 받은 지 십 분 정도가 지났다.

그런데 벌써 여기에 나타났다고?

강남에서 여기까지는 차로 삼십 분이 넘게 걸리는 거리다.

그 거리를 십 분 만에 도착한 셈이다.

그는 얼굴을 굳혔다. 어린놈이라고 생각했다. 조직폭력배 몇몇이 당했다는 이야기를 들었을 때만 해도 개의치 않게 생각했다.

그러나 판단이 바뀌었다.

만만치 않은 녀석이다.

"포위해. 작전 C로 간다."

"네?"

"아직 어린애라고요."

부대원들 모두 어이없다는 얼굴로 그를 쳐다봤다.

작전 C는 부대의 존폐가 걸려 있을 만큼 위험한 작전을 수행할 때를 가리키는 용어다.

"내 말 못 들었냐?"

"……알겠습니다."

대장의 묵직한 소리에 다들 얼굴을 굳혔다.

대장이 이렇게 나올 정도라면 무언가 남다른 것이 있다는 의미다.

열 명이 순식간에 사방으로 흩어졌다.

건형은 사방을 둘러싸고 자리 잡은 그들의 인기척을 하나하나 잡으면서 얼굴을 구겼다.

확실히 기존에 상대하던 핫바지들하고는 차이가 난다.

그들이 아마추어라면 이들은 프로다.

일반적으로 한 사람을 상대하는데 붙을 수 있는 최대의 인원은 넷이다.

전후좌우.

이렇게 네 명이 달라붙으면 공간이 남지 않기 때문이다.

건형 입장에서 가장 조심해야 하는 건 좌우와 뒤다.

특히 뒤에 있는 사람이 위험하다.

시야에 들어오지 않으니까.

그렇지만 이들이 선택한 것은 그보다 더 복잡하다.

아마 공중전도 노리고 있을 터.

정수리도 조심해야 한다는 의미다.

건형은 호흡을 길게 내뱉었다.

걱정거리는 없었다.

원래는 누구라도 걱정해야 맞다.

이들 모두 실전의 달인이다.

열 명을 상대로 한다는 건 정말 쉽지 않은 일이다.

제아무리 철인이라고 해도 한두 명을 상대하면 지치기
마련.

그러나 건형 같은 경우 그들과는 조금 질적으로 다르다
고 봐야 한다.

특히 그의 완전기억능력은 완벽한 변수다.

이 완전기억능력 때문에 건형은 긴장하지 않을 수 있었
다.

한편 김정우는 눈살을 찌푸렸다.

나이가 어려서일까?

긴장하는 기색이 전혀 없다.

특수부대, 그것도 최정예 부대원 열 명을 맞닥뜨렸다.

웬만해서는 긴장하는 게 정상인데 그런 모습을 찾아보기가 어려웠다.

"기세는 나쁘지 않아. 그러나 때로는 그게 무지에서 나오는 어리석음인 것을 모를 때도 있지."

그 말이 끝나기 무섭게 차례차례 특수부대 요원들이 달려들기 시작했다.

그들은 확실히 일반인들과 달랐다.

훨씬 더 빠르고 날렵했다.

그뿐만 아니라 공격에 무게가 실려 있었다.

그러나 건형은 타고난 동체 시력을 바탕으로 지척에 이를 때마다 그것을 여유 있게 피해 냈다.

"크읍."

그들 모두 까만색 헬멧을 쓰고 있는 탓에 누가 누군지 알아볼 수 없었다.

그냥 쌍둥이 네 명이 연환공격을 펼치는 것처럼 느껴질 정도였다.

그때 뒤쪽에 서 있는 자가 귀신같이 다가왔다. 그리고 날렵하게 움직이며 건형을 제압하려 했다.

하지만 건형은 그보다 한발 먼저 반응했다.

"커억."

그리고 곧장 팔꿈치로 그의 얼굴을 날려 버렸다.

단숨에 헬멧이 박살 나며 사내가 오 미터 가까이 날아갔다.

꿈틀거리고 있는 게 살아 있는 듯했지만 전투 불능 상태였다.

순식간에 한 명이 나가떨어지자 계속 만만하게 보고 있던 부대원들이 눈을 휘둥그레 떴다.

그가 전투 불능 상태가 된 것보다 더 놀란 건 헬멧을 부수고 그 상태에서 타격을 입혔을 만큼 공격이 날카로웠다는 점이었다.

'사람이 저게 가능해?'

'저 헬멧이 얼마나 단단한 건데…….'

자연스럽게 그들 몸동작이 위축됐다.

그럴 수밖에 없었다.

엄청난 괴력. 스테로이드를 수십 방 맞았다고 해도 저 정도는 안 될 것이다. 인간이 낼 수 있는 한계를 넘어선 것이었다.

김정우가 얼굴을 구겼다.

열 명 중 한 명이 시작한 지 오 분도 되지 않아 전투 불능이 되어 버렸다.

게다가 헬멧을 박살 내고 얼굴을 뭉갰을 정도의 위력.

심상치 않다.

자신이 알고 있는 정보와는 판이하게 다른 자.

어떻게 대응해야 할지 솔직히 답이 안 서는 게 사실이었다.

정보대로라면 머리는 영민해도 몸싸움은 별로라고 들었다.

그가 상대한 것도 조직폭력배들이 전부.

전직 특수요원도 몇 명 있었다지만 어차피 현역에서 은퇴한 뒷방늙은이들 뿐이었다.

그런데 지금 보여 주는 모습은 현재 특수요원으로 뛰고 있다고 하더라도 믿을 수 있을 것 같았다.

"전부 다 움직여!"

그는 부대원들과 함께 직접 전장에 합류했다.

아홉 명이 마치 수레바퀴를 돌 듯 건형을 감싼 채 차륜전을 시작했다.

단 한 명이 아홉 손을 감당하는 것은 쉬운 일이 아니다.

그리고 부대원들은 허리춤에서 서슬 퍼런 단검을 꺼내 들고 건형을 노리기 시작했다.

한 바퀴 돌면서 휘두른 칼날이 건형의 옷깃을 스쳤다.

자신을 둘러싼 특수요원들을 쳐다보며 건형은 한 번 더 마음을 가다듬었다.

이들을 상대하려면 자신도 전력을 다해야 했다.

완전기억능력을 최대한 끌어올려서 오감을 증폭시키고 신체를 부분적으로 강화한 상태였다.

그럴 때마다 심장 부근에 자리 잡고 있던 푸른색 기운들이 신체 곳곳에 퍼져서 그곳을 보호하고 있다.

그러하다 보니 칼끝이 스치더라도 피부에 생채기 하나 내지 못하고 있었다.

파앗—

불꽃이 튀겼다.

김정우가 이끌고 있는 대테러 전문 특수부대 부대원 장호가 눈살을 찌푸렸다.

분명히 군용 단검을 휘둘렀고 피부를 긁는 듯한 느낌도 확실하게 받았다.

그런데 피가 튀기기는커녕 아무 일도 일어나지 않았다.

오히려 무슨 쇠판을 긁는 것 같은 기분이 강하게 들고 있었다.

'도대체 이 새끼는 뭐하는 새끼야. 대장!'

그것을 느끼는 건 다른 부대원들도 마찬가지였다.

압박하고 있는 건 그들 아홉이 맞았다.

그런데 위압감도 덩달아 느끼고 있었다.

특수부대 일원으로 이삼십 년 넘게 훈련했지만 이런 기분은 생경하기 이를 데 없었다.

장호가 순간적으로 잡생각에 빠졌을 때였다.

건형은 그것을 놓치지 않았다.

퍼억—

이번에도 장호가 뒤집어쓰고 있던 헬멧이 산산조각 부서졌다.

'마, 말도 안 돼.'

최첨단 기술이 집약된 이 헬멧이 사람의 주먹질에 다시금 박살이 난 것이었다.

그는 이빨이 부서지는 것을 느끼며 그대로 정신을 잃었다.

김정우는 정신을 차릴 수 없었다.

삼십 분 정도가 지났다.

그런데 상황은 개판이 되어 있었다.

자신을 제외한 부대원 모두 쓰러진 채 땅바닥을 구르고

있었다. 그들은 정신을 잃은 채 축 늘어져 있었다. 그리고 그들이 쓰고 있는 헬멧도 산산조각 부서진 상태였다.

김정우는 뒤늦게 건형의 생각을 알 수 있었다.

일부러 이런 것이었다.

자신을 제일 마지막에 요리하려고 이렇게 남겨 둔 것이었다.

치욕적이었다.

여태 단 한 번도 실패해 본 적이 없었는데 꼴사납게 되어버렸다.

건형이 그에게 달려들었다.

김정우도 악에 받친 얼굴로 그런 건형을 맞상대했다.

두 사람이 팽팽하게 부딪쳤다.

김정우는 어떻게든 건형을 상대로 한 방 먹이고 싶었다.

그러나 마치 귀신을 상대하는 것 같았다.

흐릿흐릿하게 움직이는 것이 도저히 그 속도를 잡을 수가 없었다.

결국 김정우가 먼저 지치고 말았다.

건형은 마지막으로 그까지 제압했다.

열 명 모두 정신을 잃고 축 늘어졌다.

그제야 건형은 지혁에게 전화를 걸었다.

"형, 저예요."

[어떻게 됐냐?]

"해결했어요. 일단 이 사람들 좀 데려가야 할 거 같아요. 저 혼자 데려갈 수는 없을 듯해요."

[기다려. 차 가지고 올라가마.]

얼마 지나지 않아 지혁이 지프차를 끌고 올라왔다.

여섯일곱 명 정도는 넉넉히 태울 수 있는 지프였다.

산등성이를 타고 올라온 지혁은 널브러져 있는 특수요원 열 명을 둘러보며 혀를 내둘렀다.

"전부 다 네가 제압한 거냐?"

"네. 기절했고 당분간 못 깨어날 거예요."

"……그럴 만하다."

열 명 모두 헬멧이 깨지고 얼굴이 박살이 나 있었다. 개중에는 앞니가 모두 나간 사람도 있었고 코뼈가 부러진 사람도 있었다.

정신을 놓을 수밖에 없었을 터, 깨어나려면 꽤 오랜 시간이 걸릴 것이 분명했다.

"일단 지프차에 차곡차곡 실으면 다 데려갈 수 있겠죠?"

"응. 그런데 어떻게 하려고?"

"생각해 둔 게 있어요. 일단 데려가죠."

건형과 지혁은 지프차에 그들을 차곡차곡 실었다.

그리고 집으로 돌아온 뒤 지혁이 물었다.

"이야기해 봐. 어떻게 하려고?"

"그 전에 알아야 할 게 있어요. 어떻게 된 건지 알아봤어요?"

"지금 알아보고 있어. 그런데 누가 그랬는지 모르겠어."

"의심이 가는 사람은요?"

"두 명 정도. 그런데 둘 다 그럴 만한 녀석들은 아니라서. 그게 더 답답한 거야."

믿는 사람한테 발등을 찍히는 것만큼 안 좋은 일도 없다.

지혁이 우려하는 것도 그것이다.

의심은 가지만 확정적인 증거가 없는 상황.

최대한 결정을 늦추고자 하는 것도 그러한 이유에서다.

"일단 알아보죠. 그것부터 찾아내야겠어요. 누가 우리 뒤통수를 치려고 하는 건지."

"그래, 그렇게 하자."

지혁이 고개를 끄덕였다.

그리고 두 사람은 면밀하게 조사하기 시작했다.

차근차근 정보를 뒤집어 가면서 어디서 이것이 탄로났는지 알아봤다.

그때 지혁이 얼굴을 일그러트렸다.

그는 모든 정보를 잘게 세분화하여 그 각각의 정보를 일부 사람들하고만 개별적으로 나눠서 공유한다. 혹시 정보가 유출된다고 할지라도 그것이 다른 사람에게까지 파급력을 가지게 하지 않게 만들기 위해서다.

이번 일에도 여러 사람이 개입되어 있었다.

개중에는 장형철 주변 사람도 있고 강해찬과 밀접한 관계에 있는 사람도 있다.

그들 모두 여러 가지 방법으로 회유를 한 자들이다.

아니면 정적 관계에 있는 사람도 있다.

원래 권력이든 재물이든 무언가를 가지고 있으면 그것을 싫어하는 사람이 나타나기 마련이니까.

그들 중 한 명이 변심을 했다.

그리고 지혁은 그것이 누군지 알아냈다.

그런 그의 얼굴은 무겁게 변해 있었다.

"누구예요?"

"하아, 빌어먹을."

지혁은 입술을 깨물었다.

이십 년 지기 녀석이 배신을 때렸다.

자신을 저버리고 권력을 택한 것이다.

"미안하다. 휴."

"형 잘못은 아니죠. 그 사람이 문제였던 거죠. 어떻게 할 생각이에요?"

"글쎄. 일단은 내가 만나 볼게. 만나서 해결을 봐야겠지."

"만약 함정을 파고 기다린다면요? 형의 위치마저 전부 다 발각이 난 상황이에요. 알죠?"

"괜찮아. 다른 곳으로 옮기면 되니까."

"문제는 그가 형의 정체를 알게 됐다는 거죠. 우리나라에 있는 이상 형도 위험할 수밖에 없어요."

"임마. 내 한 몸은 내가 지킬 수 있어."

"후…… 기다려 봐요."

건형은 생각을 정리했다. 그리고 그는 결심을 굳혔다.

그는 꽤 오랜 시간 뇌에 대해 공부했다. 그리고 뇌에 대해 어느 정도 알게 됐다.

기억상실을 일으키게 하려면 뇌의 측두엽과 전두엽 그리고 변연계라 불리는 곳을 연결하는 회로를 손상시키면 된다는 것도 확인했다.

게다가 지혁의 기억을 복구시키는 작업을 통해 역으로 그 기억을 없앨 수 있다는 것도 깨달았다.

물론 미국에 있는 그자가 한 것에 비하면 아직은 불완전한 능력이다. 그는 완벽하게 일부 기억만을 제거했으니까.

그게 어떻게 가능한지 의아할 정도.

그래도 그 일부를 어느 정도 흉내 내는 건 가능했다.

건형은 사로잡아 온 열 명의 기억에 접속했다. 그러고 나서 그들의 기억 중 일부만을 지우기 시작했다.

이들 전부를 죽인다는 건 가책이 남는 일이다.

그리고 또 이들이 잘못했다고 볼 수도 없다.

이들은 명령만을 따른 것이니까.

그렇게 열 명의 기억을 일부분만 날리는 작업이 이어졌다.

그럴수록 심장에 맺혀 있는 푸른색 기운은 점점 더 맹렬해지고 있었다.

그러나 섣부르게 예측할 수도 없었다. 이 기운이 정확히 무엇인지 아직 알 수 없었기 때문이다.

그렇게 열 명의 기억을 지웠다.

성공일까, 실패일까.

그것은 내일 이들이 깨어나면 알게 될 터.

건형은 그들을 창고에 모아 둔 다음 지혁과 다음 일을 의논하기 시작했다.

"일단 물러나요."

"물러나자고?"

"솔직히 그냥 끝장을 보고 싶은 게 사실이에요. 그런데 우리에게는 아무것도 없어요."

"아무것도 없다……."

"말 그대로예요. 우리에게는 우리를 지지해 줄 수 있는 사람이 없어요. 그렇게 해 줄 세력이 있는 것도 아니죠. 실제로 지난번 저를 도와줬던 김찬욱 검사 같은 경우 어떻게 됐죠?"

지혁도 그를 기억하고 있다.

서울중앙지검 제2검사실에서 근무하고 있던 경력 14년차의 베테랑 검사, 강직하고 단호한 성격 때문에 그에게 P양 사건을 다시 수사해 줄 것을 의뢰했었다.

그는 예상대로 P양 사건을 다시 수사했고 그 때문에 박광호 실장을 비롯해서 스타플러스 엔터테인먼트를 일망타진할 수 있었다.

문제는?

꼬리를 짜른 것에 불과했다는 것이다.

머리를 쳐내지 못했다.

오히려 김찬욱 검사는 한직으로 재발령이 나고 말았다.

건형은 그것을 가장 안타깝게 여기고 있었다. 보상을 해 줄 수 있다면 보상이라도 해 주고 싶은 심정이었다.

그러나 김찬욱 검사는 한사코 그것을 거절했다. 오히려 돈으로 보상해 주면 자신이 한 일이 돈을 바라고 한 일이 된다면서 그것을 철저하게 거부한 것이었다.

"그렇지. 그래서 네가 바라는 게 뭔데?"

"아예 그들을 전부 다 갈아 치울 수 있는 힘을 갖거나 또는 우리를 도와줄 사람들을 포섭하거나. 둘 중 하나여야 해요. 지금 이렇게 간다면 답이 없어요."

지혁도 그것을 인정했다. 그의 말이 맞았다.

자신을 비롯한 몇몇은 한때 헛된 희망에 사로잡혀 있었다. 그들의 비리를 캐서 그들을 뒤에서 압박하면 그들이 알아서 자정 작용을 일으킬 것이라고 믿었었다.

하지만 그것은 꿈이었다.

그들은 오히려 가진 것을 빼앗기지 않기 위해 더 아등바등거렸다. 그 때문에 건형의 아버지가 사고사로 위장당한 채 사망했다.

그 이후 지혁은 모든 것을 폐쇄했다.

만약 건형이 없었더라면 그는 아예 새로운 삶을 살았을 것이다.

그러나 건형이 퀴즈쇼에 나오고 그가 본격적으로 두각을 드러내면서 다시 한 번 욕심이 생긴 것이었다.

거기에는 건형의 아버지이자 자신을 오랜 시간 후원해 줬던 그의 원한을 되갚아 주겠다는 생각도 있었다.

하지만 모든 것을 백지 상태에서 다시 생각해 봐야만 했다.

지금 이대로 간다는 건 지난날의 과오를 되풀이하는 것밖에 되지 않기 때문이었다.

"알았다. 네가 원하는 대로 해 주마. 어떻게 할까?"

"일단 이곳은 폐쇄해야 해요. 필요 없는 건 싹 다 정리하고 필요 있는 것만 챙겨서 움직여요. 사방 곳곳에 CCTV가 설치되어 있다 보니 최대한 그들 눈에 띄지 않게 해야 돼요."

"걱정하지 마라. 여기는 그냥 불태우면 그만이야. 다른 곳에도 이 정도 설비는 갖춰져 있어."

"그러면 괜찮겠네요. 그리고 믿을 수 있는 사람만 간추려 내야 해요. 이번처럼 정보가 역으로 새어 나가게 되면 우리만 더 위험해질 수 있으니까요."

"이건 정말…… 할 말이 없다. 내가 전적으로 믿고 있던 녀석들 중 하나였어."

지혁도 마음고생이 심할 터였다.

친한 친구가 배신을 한 상황이다. 누구라도 충격을 안 받고는 못 넘어갈 게 분명했다.

어쨌든 지금으로써는 미래를 준비해야만 했다.

일단 보금자리는 옮기기로 마음먹었다.

그리고 잠시 동안 강해찬 국회의원과 장형철, 이 두 사람에 대해서는 보류해 두기로 했다.

시간이 지나서 확실한 힘이 생기면 그때 움직일 생각이었다.

그러나 미뤄 둘 수 없는 일도 있었다.

그것은 바로 태원 그룹과 관련된 일이었다.

Chapter. 03

강남구 압구정동에는 에스쁘레야 엔터테인머트 사옥이
있다.

에스쁘레야 엔터테인먼트는 드림 엔터테인먼트, 스타플
러스 엔터테인먼트와 함께 세 손가락 안에 손꼽히는 대형
기획사다.

이곳에 소속되어 있는 연예인의 수는 정말 많다.

그렇다 보니 에스쁘레야 엔터테인먼트의 문을 두드리는
신인들은 연일 넘쳐난다.

이들 중 재능과 끼가 있는 애들은 연습생으로 받아들여

지고 그렇지 않으면 사정없이 내쫓긴다.

엔젤돌스는 에스뜨레야 엔터테인먼트가 야심 차게 준비한 신인 아이돌이다.

스타플러스 엔터테인먼트의 플뢰르, 드림 엔터테인먼트의 슈퍼스타 그리고 에스뜨레야 엔터테인먼트의 엔젤돌스까지.

이들이 바로 삼대 기획사에서 밀던 아이돌이다.

그러나 스타플러스 엔터테인먼트가 P양 사건으로 박살이 나는 바람에 플뢰르는 레브 엔터테인먼트로 보금자리를 옮겼다.

그 이후 플뢰르는 음반 작업에 돌입했고 솔로로 출격한 플뢰르의 리더 이지현은 대박을 터트렸다.

음원을 낸 지 한 달째 계속해서 각종 음원 사이트에서 1위를 달리고 있으며 침체되어 있던 음반 시장에도 활기를 불어넣었다.

그녀의 성공 때문에 다른 두 엔터테인먼트에서는 심각한 내적 갈등에 쌓여 있었다.

세 아이돌은 그동안 어느 정도 균형을 맞춰 오고 있었다.

각각 추구하는 성향도 달랐다.

플뢰르가 소녀 같은 느낌이 강하다면 슈퍼스타는 강렬한

락앤롤, 엔젤돌스는 플뢰르와 슈퍼스타의 중간 이미지에 가까웠다.

그런데 플뢰르가 성큼 앞서 나가기 시작했다. 아니, 플뢰르가 앞서 나갔다기보다는 플뢰르의 리더 이지현이 독보적으로 치고 나온 것이긴 했지만 그녀가 플뢰르로 다시 컴백하게 되면 적지 않은 영향력을 발휘하게 될 것이 분명했다.

그렇다 보니 에스뜨레야 엔터테인먼트에서는 엔젤돌스에게 푸시를 해 줄 필요가 있었고 그래서 스폰서를 알아보게 된 것이었다.

대중들은 스폰서에 대해 부정적인 인식을 갖고 있지만 실제로 연예계에서 이 스폰서라는 건 쉽게 이루어진다.

스타는 자신의 인지도를 높이기 위해, 스폰서는 욕망을 위해 관계를 맺는다. 그리고 스폰서는 생각보다 그 관계유지에 많은 도움을 준다.

스타들이 괜히 구설수에 오를 것을 감수하고서 스폰서를 맺는 게 아니다.

김기석은 에스뜨레야 엔터테인먼트의 기획실장 중 한 명이다.

실장급이지만 대우는 이사급이다. 에스뜨레야 엔터테인

먼트의 창업 공신이자 기획사가 여기까지 성장하는 데 가장 큰 공헌을 한 인물이기 때문이다.

그렇다 보니 연예계에서는 마당발 중 한 명이다.

그와 밀접하게 지내는 연예인들이 한둘이 아니다.

그리고 그가 야심 차게 기획한 아이돌 그룹이 있다.

무조건 성공하리라고 예측했던 아이돌 그룹.

엔젤돌스가 바로 그들이다.

그렇지만 플뢰르가 먼저 치고 나가면서 발등에 불이 떨어졌다.

그래서 그는 신중하게 고민한 결과 엔젤돌스의 리더 유민영부터 스폰서를 물어다 주기로 했다.

그녀들도 뜨고 싶은 이상 스폰서를 거부할 수는 없다.

스폰서라고 해 봤자 어려운 건 없다.

처음에는 고급 술집에서 시중을 들며 안면을 텄다가 어느 정도 도움을 받게 되면 그때는 조금 더 진도를 빼기도 하는 것이다.

그렇다 보니 김기석은 이번에도 예전처럼 별 탈 없이 진행될 것이라고 믿었다. 그리고 그녀도 충분히 알아들었으리라고 생각했다.

그래서 몇 주 전 고급 술집에서 태원 그룹 사장을 만나게 했고 며칠 전에는 그녀와 함께 태원 그룹 사장의 집을 함께 찾아간 것이었다.

애초에 싫다고 했으면 다른 멤버들을 우선적으로 데려갔을 터.

그런데 여기서 문제가 터졌다.

그녀가 갑자기 사라진 것이었다.

외부의 침입이 확실했다. 그 흔적도 남아 있었다.

다만 문제는 누가 그랬는지 용의자를 잡아낼 수 없다는 것.

태원 그룹 사장은 당연히 노발대발했다.

그동안 공들여서 가꿔 놨던 꽃을 이제야 꺾는다고 생각했는데 그게 산산조각 물거품이 됐기 때문이다.

당연히 김기석 실장은 그날 대차게 까였고 태원 그룹 사장은 에스뜨레야 엔터테인먼트에게 직접적이진 않지만 간접적으로 불쾌함을 드러냈다.

태원 그룹 광고에는 에스뜨레야 엔터테인먼트의 배우나 아이돌이 모델로 있는 게 꽤 많았는데 그중 몇 개를 해지할 수 있다고 으름장을 놓은 것이다.

그것들 모두 하나하나가 커다란 매출인 지금 김기석 실장으로서는 고스란히 그 책임을 떠안게 된 셈이었다.

당연히 김기석 실장은 돌아오자마자 엔젤돌스 숙소부터 찾았고 그 자리에서 유민영을 상대로 고함을 지르고 폭행까지 저질렀다.

태원 그룹 사장의 생각은 한결같았다.

유민영이 아닌 다른 사람으로 스폰서를 받게 하겠다고 제안했지만 한사코 거절하며 유민영이 아니면 뜻을 굽힐 생각이 없다고 단호하게 나선 것이었다.

결과적으로 김기석 실장은 유민영으로 하여금 스폰서를 무조건 받게 해야만 했다.

만약 그것을 성사시키지 못하게 되면 결과적으로 모든 건 김기석 실장의 책임이 되어 버리기 때문이었다.

"어떻게 할 거야? 어? 네가 책임질 거냐고!"

유민영은 며칠째 외출도 못하고 숙소에 감금당해 있었다.

다른 엔젤돌스 멤버들은 그런 민영을 안타까워했지만 직접적으로 도움을 주지는 못하고 있었다.

"전 안 해요. 안 한다고요!"

"안 할 거면 애초에 술집을 왜 쫓아갔어? 어? 싫다고 했으면 됐잖아!"

김기석 실장의 말에는 어거지가 있었다.

만약 그녀가 싫다고 거부했다면?

그는 빚을 가지고 협박했을 것이다.

네가 연습생 활동을 하면서 회사에 진 빚이 이렇게 많은데 어떻게 그런 생각을 할 수 있냐며 민영을 윽박질렀을 것이다.

민영은 퉁퉁 부은 눈으로 김기석 실장을 노려봤다.

그가 원하는 것이 무엇인지는 잘 알고 있다.

그렇지만 그것을 들어줄 생각은 전혀 없었다.

예전이었다면 쉽게 굴복했을지 모른다.

그러나 지금 민영에게는 건형이 부여했던 그 푸른색 기운이 약간이지만 남아 있었다. 그리고 그것이 민영을 지키고 있었다.

김기석 실장은 생각했던 대로 일이 풀리지 않자 혀를 내둘렀다.

그가 에스쁘레야 엔터테인먼트의 창업 공신이라고 하지만 그래 봤자 월급쟁이다. 이번 일을 잘 마무리하지 못한다면 감봉, 심각하면 좌천을 막을 수 없게 된다.

"나중에 또 오마. 그때에는 결정을 내려야 할 거야. 이제는 너 한 명의 문제가 아니거든. 우리 회사의 운명이 걸린 문제라고."

쿵!

방문을 세게 닫고 나온 뒤 김기석 실장은 옹기종기 거실
에 모여 있는 다른 엔젤돌스 멤버들을 노려보며 말했다.

"어떻게든 저년 설득해 놔. 안 그러면 너네 모두 **빵빵**이
돌 각오해 둬."

"……."

"알았어?"

눈을 부라리며 소리치는 모습에 그녀들은 쥐죽은 듯 고
개만을 끄덕였다.

그가 나간 뒤 다른 멤버들이 민영 방 안으로 들어갔다.

일이 꼬이고 난 뒤 집 안은 개판이 됐다.

컴퓨터도, 휴대폰도 모두 압수를 당했다. 집 전화기도 사
라졌다. 텔레비전도 볼 수 없게 됐다. 집 문밖은 사설 경호
업체에서 나온 경호원들이 수시로 감시하고 있었다.

즉 그녀들은 이곳에 갇히게 된 셈이었다.

"민영아, 괜찮아?"

방 안에 들어간 그녀들은 민영을 꼼꼼하게 살폈다.

겉으로 드러난 몇몇 찰과상이 있지만 전체적으로 몸에
문제가 있는 건 아니었다.

다만 그녀들 모두 정신적으로 고통을 겪고 있다는 게 문

제였다.

"어떻게 할 생각이야?"

민영이와 동갑내기이자 팀의 메인 보컬을 맡고 있는 정희주가 조심스럽게 물었다.

민영 개인의 일로 치부하기에는 너무 멀리 왔다.

이것은 이미 엔젤돌스의 일이 되어 버렸다고 봐야 했다.

"……모르겠어."

"나는 네 결정을 지지할 거야. 설령 더 이상 아이돌로 활동할 수 없다고 해도 상관없어."

희주가 단호한 어조로 말했다.

다른 멤버 두 명도 조심스럽게 고개를 끄덕였다.

대중에게 사랑받는 인기 아이돌이 되고 싶기는 하지만 이렇게까지 하고 싶은 건 아니었다.

몸을 팔아서 스타가 될 생각은 절대 없었다.

이미 데뷔해서 스타가 된 연예인들은 그녀들의 선택을 어리석다고 할지 모른다.

쉬운 길은 놔두고 어려운 길로 돌아가려고 하는 거니까.

그렇지만 그녀들의 생각은 한결같았다.

그렇기에 아직까지 버텨 낼 수 있는 것이기도 했다.

문제는 앞으로였다.

과연 이대로 언제까지 버텨 낼 수 있을지 그것을 짐작하기가 어려웠다.

지하로 내려온 김기덕 실장은 담배를 꼬나물었다.

"후우, 빌어먹을 계집년들."

그는 인상을 구긴 채 연신 담배를 피워 댔다.

담배를 피우면 피울수록 기분이 불쾌해지고 있었다.

아무리 생각해 봐도 배가 부른 게 틀림없었다.

"연습생 시절에는 그렇게 스타로 데뷔하고 싶다더니 배가 부른 게 맞아. 어떻게 그런 생각을 할 수가 있지?"

이해가 가질 않았다.

그깟 양심 정도 잠깐 내려놓으면 그만이다.

가볍게 즐겼다고 생각하면 될 텐데 이렇게 거부감을 드러내는 이유를 도무지 알 수가 없었다.

'애초에 중학생 애들을 데려다가 가르치는 게 아니었어. 하다못해 어느 정도 연애 경험이 있는 애들을 데려오는 건데.'

엔젤돌스가 거부감을 가질 수밖에 없는 이유가 있긴 했다.

그녀들 모두 중학생 또는 초등학생 때부터 연습생 시절

을 거친 애들이었다. 그리고 연습생 생활 동안 연애는 절대 하지 못하게 못을 박아 뒀었다.

그렇다 보니 그녀들 중 연애 경험이 있는 애들이 전무했다.

'그렇지만 별수 없어. 이미 하기로 했는데 할 수밖에. 태원 그룹 사장, 그 자식도 변태 새끼야. 하여간.'

말이 나와서 그렇지 태원 그룹 사장은 소문난 변태였다.

특히 여고생들을 밝혔는데 그한테 스폰서 받는 걸그룹만 해도 한두 명이 아니었다.

대부분 쉬쉬하고 있지만 증권가 지라시에 A그룹 사장, 여고생을 밝히기로 소문나, 라는 것이 뜬다면 태원 그룹의 정 사장이 십중팔구 들어맞을 터였다.

'나도 하고 싶어서 이러는 게 아니야. 다 지네들 배부르게 먹고 살게 해 주겠다는데…… 플뢰르가 이미 치고 나오기 시작한 이상 우리도 따라잡으려면 무슨 수를 쓰더라도 악착같이 살아남아야 한다고.'

김기석이 입술을 깨물었다.

그때였다.

무언가 스산한 느낌이 들었다.

마치 귀신이 주변을 돌아다니는 것 같은 느낌?

그가 주변을 둘러봤다.

아무도 없지만 묘하게 기분이 이상했다.

그는 조심스럽게 차 문을 잡았다.

여차하면 안으로 재빠르게 들어갈 생각이었다.

그때였다.

한 사람이 나타나서 그의 손목을 붙잡았다.

엄청난 악력에 그가 얼굴을 구겼다.

인상을 찌푸린 채 자신의 손목을 잡은 사내를 쳐다봤다.

그는 얼굴에 묘한 가면을 쓰고 있었다.

하회탈 가면.

'이건 뭐 각시탈도 아니고 무슨.'

각시탈은 최근에 방송됐던 인기 드라마다.

1930년대 일제강점기 시대의 역사를 보여 주는 드라마로 주인공이 낮에는 일본 순사로 밤에는 각시탈로 활약하며 항일운동을 벌이는 내용을 담았다.

그를 보자 각시탈이 떠올랐다.

'그러면 내가 나쁜 놈이 되는 건가?'

어이없는 생각에 실웃음이 나올 때였다.

"김 실장 맞지?"

"그렇게 목소리 깔고 말하지 말라고. 요새 몸보신을 못해서 그런가 헛것이 보이나 보네. 어휴."

갑작스럽게 벌어진 상황에 김기석의 입에서 깊은 한숨이 흘러나왔다.

"아직 상황 파악이 제대로 안 되는 모양이군."

"뭐라고?"

처음에는 웬 미친놈인가 싶었다. 그런데 돌아가는 상황을 보니 마음 한편에 알 수 없는 불안감이 스며들기 시작했다.

"놔, 놓지 못해! 너 내가 누군지 알아?"

"알고 있어. 에스프레야 엔터테인먼트의 김기석 실장, 맞지?"

"너 내가 누군지 알면서 지금 이러는 거야? 내 전화 한 통이면 강남 경찰서장도 부를 수 있어. 이거 놓지 못해!"

김기석이 반항하며 어떻게든 하회탈을 쓰고 있는 사내를 떨쳐 내려고 했다.

그러나 그 무지막지한 악력에 제대로 힘을 쓸 수가 없었다.

"사실대로 말해. 태원 그룹 사장이 어떻게 하고 있지?"

"뭐? 태원 그룹? 무슨 개소리야!"

"태원 그룹 사장이 여전히 지저분하게 나오고 있지 않

나? 정 사장 말이야."

"너, 너……."

김기석은 영민한 사람이다. 뜬금없이 태원 그룹이 언급
되자 이 하회탈 가면을 쓴 사내의 정체가 여러모로 의심이
갈 수밖에 없었다.

"혹시 네가 민영이를 빼돌린 그놈이냐?"

태원 그룹 정 사장의 저택.

그곳에서 누가 유민영을 빼돌렸었다.

유민영 혼자 그 발코니를 뛰어넘진 못했을 것이다.

게다가 사방에 경호원이 깔려 있던 상황.

분명 누군가 외부에서 도와준 사람이 있었을 터.

이 녀석이 분명했다.

'이 자식만 잡아서 태원 그룹에 데려갈 수만 있다
면…….'

건형이 그를 쳐다봤다.

장형철과 얽힌 일을 해결하고 돌아왔다가 수현에게서 연
락을 받았다. 요 며칠 민영과 연락이 닿지 않는다는 것이었
다.

그녀가 쓰던 휴대폰은 정지가 되어 버렸고 숙소 전화도
불통이 되어 버렸다고 했다. 틈틈이 만나서 밥도 먹곤 했는

데 그것도 불가능해졌다는 말을 들었다.

어쨌든 자신이 개입한 일이었다.

마무리도 끝까지 지어 줘야만 했다.

그래서 건형은 곧장 차를 몰고 수현이 알려 준 엔젤돌스의 숙소로 향했다. 그리고 지하 주차장을 통해서 들어가려고 할 때 낯이 익숙한 사람을 발견한 것이었다.

쉽게 지나칠 수는 없었다. 그가 여기 있다는 건 여러모로 연관이 되어 있다는 이야기였으니까.

"사실대로 말하는 게 좋을 거야. 안 그러면 전부 다 까발릴 수도 있어."

"까발린다고? 까발린다고 해서 그 말을 믿을 거 같아?"

"걔가 직접 증언을 하게 되면 어떻게 될까?"

"풋내기군. 태원 그룹 힘이면 그것 하나 묻는 건 일도 아니야. 니가 모든 일을 망쳤어. 그냥 그렇게 됐으면 별 문제 없었을 텐데…….."

건형은 한숨을 길게 내쉬었다.

이 사람은 반성할 생각이 전혀 없다.

오히려 건형을 책망하고 있었다.

이자를 겁박하기보다는 그 윗선을 다스려야 했다.

태원 그룹 사장.

그를 억눌러야 했다.

그렇게 하지 않는 이상 답이 보이질 않을 것 같았다.

결국 건형은 그를 기절시켰다. 그리고 특수부대원들한테 했던 것과 똑같이 일부 기억을 흐리게 만들었다. 아마 그는 오늘 있었던 일을 제대로 기억하지 못할 터였다.

그러고 나서 건형은 계단을 통해 위층으로 올라가기 시작했다.

엔젤돌스, 우선 민영을 만나 봐야 했다. 그리고 그녀의 결심을 확인해 둬야 했다.

만약 그녀가 올바른 선택을 한다면 아낌없이 그녀를 도와줄 생각이었다.

그때였다.

갑작스럽게 심장이 아파 왔다.

요동치는 심장 소리에 건형이 입술을 깨물었다.

심장에 문제가 왔다.

정확히 무슨 이유에서 이렇게 아픈지는 알아봐야겠지만 심상치 않은 고동이 느껴지고 있었다.

'······설마.'

혹시 완전기억능력을 남용한 부작용이 나타난 것은 아닐까?

건형은 계단을 밟아 올라가면서 생각에 잠겼다.

완전기억능력은 그의 전부다. 완전기억능력이 사라진다면 그가 이렇게 전면에 나설 수 없게 된다. 완전기억능력이 사라진 그는 평범한 사람보다 약간 나은 신체 조건을 가진 인간에 불과할 뿐이다. 지난번 그를 공격했던 그 특수부대 요원들, 그들 수준밖에 되지 않는다는 이야기다.

그것만으로도 충분히 나쁘지 않겠지만 다크 나이트라는 특수성을 갖는 건 어려운 일이다.

건형이 생각하던 일이 뜻대로 이루어질 수 없다는 의미.

점점 더 고통이 심해졌다.

건형은 제자리에 멈춰 섰다. 그리고 천천히 호흡을 조절했다.

아무래도 잠시 쉬어줘야 할 것 같았다.

일단 회복부터 해야만 했다.

십여 분 정도 복도에서 휴식을 취한 건형은 그제야 어느 정도 컨디션이 돌아옴을 느꼈다.

그런데 여전히 불편함이 남아 있었다.

완전기억능력은 대뇌와 직접적으로 연관을 가지고 있다. 그렇다 보니 완전기억능력을 쓸 때마다 가장 혹사당하는 기관은 뇌다.

그런데 뇌는 인간의 신체 모든 곳을 컨트롤하게끔 되어 있다.

뇌에 문제가 생기면 그것은 고스란히 신체에 영향을 미치게 된다.

건형의 컨디션이 나빠진 것은 지나친 완전기억능력의 사용이 큰 영향을 미쳤을 확률이 높았다.

신체가 능력을 쫓아오지 못하는 경우다.

이것의 균형을 맞춰야만 했다.

그러나 건형은 어떻게 해야 그것이 가능한지 알지 못한다.

'그때 그 그랜드 마스터가 했던 말, 그게 사실이었나?'

얼마 전 건형은 아담 록펠러를 만난 적이 있었다. 그리고 그에게서 그랜드 마스터의 전언을 전해 들었다.

그는 건형을 가리켜 이렇게 이야기했다.

불완전기억능력이고 한계점에 다다랐다고.

스스로 손을 더럽히면서까지 제거할 필요는 없다고 여겼다고 했다.

처음에는 그가 무슨 말을 하는 것인지 몰랐다.

그렇지만 지금 와서는 약간이지만 이해할 수 있을 것 같았다.

완전기억능력을 사용할 때마다 엄청난 칼로리 소모가 이어지고 건형은 그것 때문에 고열량 음식을 하루가 멀다 하고 섭취하고 있었다.

그것들 모두 폐해가 분명하다는 의미.

즉 지금 건형이 발현하는 완전기억능력이 불완전하기 때문에 일어나는 반증이다.

건형은 모르지만 그것에는 그럴 만한 이유가 있었다.

완전기억능력, 건형은 그것을 퍽치기를 당하면서 얻게 됐다. 뇌의 일부분이 다쳤고 그 때문에 특별한 능력이 주어진 것이다.

건형과 비슷한 증상을 보이는 사람은 많다.

이것을 가리켜 의학계에서는 후천성 서번트 증후군이라고 부른다.

실제로 뜻밖의 사고로 뇌를 다친 이후 특별한 재능이 깨어난 사람들이 종종 있다.

음악 쪽에서 자신의 선천적인 재능을 얻게 된 사람도 있고 직관력이나 정확한 계산 능력을 가지게 된 사람도 있다.

이들 중 많은 수가 가지게 되는 것이 초인적인 기억력이다.

영화 레인 맨의 실제 주인공이었던 킴 픽 같은 경우 한 눈으로 한 페이지씩 동시에 두 페이지를 읽거나 전화번호부 한 권에 들어 있는 전화번호의 숫자를 계산하기도 했다.

또 대니얼 태멋은 원주율을 소수점 이하 2만 2,514자리까지 외우고 일주일 만에 외국어를 현지인 수준까지 구사하기도 했다. 그리고 어떤 계산도 빛의 속도로 해낼 수 있다.

이들 모두 뇌 사고 이후 서번트 증후군을 보이는 자들이었다.

그렇지만 건형과 이들은 한 가지 다른 점을 가지고 있었다.

이들은 그런 특별한 재능을 얻게 된 대신 자폐증을 앓거나 발달 장애를 보이는 등 뇌의 다른 기능이 퇴행하는 모습을 보였다.

그러나 건형에게는 그런 일이 일어나지 않았다.

그것 때문에 건형은 자신의 증상이 서번트 증후군이 아니라고 지레짐작했다.

그렇지만 뒤늦게 문제가 생기고 있는 것이라면?

그것만큼은 막아야 했다.

지금 상황에서 자폐증을 앓게 된다거나 발달 장애가 생

긴다거나 그렇게 된다면 견딜 수 없을 것 같았다.

"크읍."

건형은 몸을 일으켜 세웠다.

불완전기억능력이든 서번트 증후군이든 신경 쓰지 않기로 마음먹었다. 반드시 극복해 낼 생각이었다.

백 퍼센트 컨디션은 아니지만 어느 정도 몸 상태가 회복되자 건형은 계단을 성큼성큼 걸어 올라갔다.

빠르게 계단을 밟고 올라간 건형은 엔젤돌스 숙소 앞에 도착했다.

그 주변은 사설 경호원들이 철통같이 경계를 서고 있었다.

딱 봐도 돈 좀 꽤 쓴 사람들 같았다.

'에스쁘레야에서 고용한 사람들인가?'

그러나 걸그룹 멤버들을 집 안에 가둬 두려고 이렇게 경호원들을 세워 둔 것은 조금 의아한 일이었다.

'태원 그룹에서 보낸 사람들일지도?'

그런 생각이 들었다. 지난번 태원 그룹 사장 자택에서 눈뜨고 코 베인 게 바로 그들이다. 누군가 들어왔다가 나가면서 사람 한 명을 데려가는 동안 그것을 모르고 있었다.

태원 그룹 정 사장이 호되게 질책했을 테고 그 때문에 여기서 경호 업무를 서고 있는 것일 수도 있었다.

일단 그들부터 제압해야 했다.

'괜찮을까?'

걱정거리는 있었다.

완전기억능력.

이 능력을 지금 계속 써도 될지 그게 우려됐다.

지금 그의 몸 상태는 영 좋지 못했다.

확실히 문제가 있는 상황.

이 상황에서 완전기억능력을 또 썼다가 어떻게 될지 알 수 없을 정도로 심각한 상태였다.

그렇다 보니 건형 입장에서는 신중에 신중을 기할 수밖에.

'그렇지만 뚫는다.'

그러나 결론은 하나뿐이었다.

오늘 민영을 만나서 결정을 내려야 했다.

그리고 그녀를 포함한 엔젤돌스의 이야기도 들어볼 필요가 있었다.

만약 김기석 실장이 그녀들을 협박했거나 혹은 어떻게든 불법을 저지르려고 했다면?

반드시 그것을 막아설 생각이었다. 아니면 플뢰르처럼

그녀들도 레브 엔터테인먼트로 데려올 생각도 있었다.

물론 그것은 태원 그룹의 일을 해결한 뒤에 생각해 볼 문제겠지만.

건형은 우선 CCTV의 위치부터 확인했다.

계단에는 CCTV가 설치되어 있지만 이런 복도에는 이중 삼중으로 CCTV가 설치되어 있기 마련이다.

그는 지혁에게 전화를 걸었다.

"형, 저예요."

[응, 도착했어?]

"예. CCTV부터 끊어 줘요."

[오케이. 전원 차단 들어간다. 근데 아무리 길게 끊어도 삼십 분 정도면 다시 원래대로 돌아올 거야. 예비 전력이 있으면 그보다 더 짧을 수도 있고. 그 전에 마무리 짓고 나와.]

"알았어요."

잠시 뒤, CCTV에 공급되던 전원이 일제히 막혔다.

빨간색으로 이리저리 돌아가던 CCTV가 멈추고 경호원들이 움찔하는 게 느껴졌다.

인이어 이어폰으로 이야기를 들은 게 틀림없었다.

그리고 그 시간에 맞춰서 건형이 움직였다.

"뭐야."

"너 뭐하는 놈이야?"

"궁금해?"

"이 새끼가."

"지난번 너네 웬 아이돌 여자애 한 명 없어져서 곤욕 치르지 않았어?"

"네가 그것을 어떻게……."

"그거 나야."

"뭐?"

"내가 한 거라고."

"야, 이 새끼 죽여!"

건형은 피식 미소를 지었다.

성동격서.

흥분한 놈들은 상대하기 더 쉽다.

조직적으로 달려들지 못하니까.

그리고 그들은 자신의 꾐에 순조롭게 넘어갔다.

하지만 그럴 수밖에 없는 사정이 있었다.

그날 단체로 쪼인트가 까였다.

태원 그룹 사장이 단단히 화가 나서 지시한 일이다. 수십 명이 넘게 경호를 서고 있는데 그 누구도 여자아이가 빠져

나가는 것을 알아차리지 못했다.

근무 태만이라는 이야기를 들어도 할 말 없었다.

국내에서 세 손가락 안에 들어가는 사설 경호 업체 체면이 말이 아니었다.

태원 그룹 사장한테 까이고 경호 업체 사장한테 까이고 팀장한테 또 까였다.

그렇다 보니 이렇게 자신들을 욕먹게 만든 장본인에게 원한이 쌓여 있을 수밖에 없었다.

"오늘 너 죽고 나 죽어 보자."

그들은 단단히 각오한 듯 품에서 강철봉을 꺼내 들었다.

경찰들이 진압 작전을 펼칠 때 주로 애용하는 그 단봉이다.

그러나 그 수는 고작 둘.

건형 입장에서는 코 푸는 것보다 더 손쉬운 상대들이다.

다만 마음에 걸리는 게 하나 있다면 몸 상태가 온전하지 못하다는 것.

그것 때문일까.

초반에는 그들을 몰아붙이던 건형이 조금씩 수세에 몰리기 시작했다.

사물이 두 개로 흐릿하게 보이거나 귀가 약간 멍하게 들릴 때가 종종 찾아오고 있었다.

건형은 억지로 몸의 균형을 맞추며 그들을 상대했다.

퍼억—

그러나 미묘하게 흐름이 어긋나면서 일격을 허용하고 말았다.

고통이 밀려들었다.

'아프다?'

심장에 자리 잡고 있는 푸른색 기운이 제 역할을 해 주지 못하고 있었다.

밸런스가 깨진 게 확실하게 느껴졌다.

건형이 얼굴을 일그러트렸다.

"별거 아닌 새끼가 말이야."

퍼억—

둔탁한 소리가 울렸다.

그들은 신이 난 얼굴로 건형을 두들겨 패기 시작했다.

온몸 구석구석 빠트리지 않고 두들겨 패는 모습에 건형이 입술을 깨물었다.

신음 소리가 저절로 흘러나왔다.

그때였다.

"이 새끼야, 죽어!"

살의가 담긴 목소리다.

한 놈이 들고 있던 단봉을 그대로 휘둘렀다.

퍼억—

머리가 깨질 것 같은 충격이 느껴졌다.

그가 휘두른 단봉이 그대로 머리를 박살 낼 것처럼 쪼개 들어왔다.

건형이 입술을 깨물었다.

뚝— 뚜욱—

뜨거운 액체가 볼을 타고 흘러내렸다.

핏방울이 바닥에 고이고 있었다.

"야, 이 새끼야. 사람 죽일 일 있어? 팀장님이 저 새끼 곱게 데려오라고 했던 거 기억 안 나?"

"시발, 누가 제대로 맞을 줄 알았냐. 그보다 이 새끼 죽은 거 아니야?"

그들이 놀란 얼굴로 건형을 쳐다봤다. 그리고 하회탈 가면을 벗겨 내려 할 때였다.

그 사이 건형은 충격적인 일을 겪고 있었다.

하필이면 상대가 때린 부위가 몇 달 전 펀치기를 당했던 그 부위였다. 그리고 그 충격으로 인해 머릿속이 잔뜩 헝클어졌다.

죽을지도 모른다는 생각이 들었다.

공포감이 온몸을 지배했다.

그럴 수밖에 없었다.

세상이 무너져 내린다는 그런 느낌이 들고 있었으니까.

그때였다.

심장에 잠자고 있던 푸른색 기운.

그 오묘한 기운이 끓어 오르듯 부풀어 올랐다.

그리고 온몸 곳곳으로 퍼지기 시작했다.

그것까지는 이전과 같은 움직임이었다.

그런데 그 기운이 점점 더 강렬해지더니 상처 부위를 순식간에 치유시켰다. 금이 간 부위가 아물고 피멍이 들었던 것이 사라졌다.

그와 함께 피부가 한 꺼풀 벗겨지며 어긋났던 뼈마디가 서로 맞춰지기 시작했다.

'크으으.'

아팠다.

살아 있는 뼈를 해체해서 다시 맞추는 듯한 느낌이다.

당연히 아플 수밖에 없다.

그렇지만 한편으로는 시원했다.

푸른색 기운이 이런 기묘한 상황을 만들어 내고 있었다.

그리고 재구성된 신체가 몸에 맞아 떨어졌다.

누군가 탈골이라도 시킨 것처럼 몸이 제멋대로 어긋났다가 다시 맞춰지길 반복하고 있었다.

그와 함께 활성화가 일어났다.

신체 재구성이 두 배 이상 빨라졌다.

건형을 두들겨 패던 사내들은 건형이 갑자기 경련이 일어난 것처럼 몸을 들썩이자 의아한 얼굴로 서로를 쳐다봤다.

"야, 이거 어떻게 해야 돼?"

"내가 어떻게 알아. 그냥 기절시켜 버려."

"괜찮을까?"

"아까 내가 때린 것도 빗맞았나 본데. 피 나는 것도 멈췄잖아. 별일 없을 거야. 그냥 기절시켜."

결국 망설이던 사내가 단봉을 들어 올렸다.

확실히 건형을 기절시키기 위함이었다.

그때였다.

건형이 일어나며 그의 손목을 잡았다.

"끄아아아악."

사내가 비명을 내질렀다.

건형 입장에서는 가볍게 잡은 것이었다.

그런데 손목이 덜렁거리고 있었다. 그 가벼운 동작에 그대로 탈골이 일어나고 만 것이다.

무슨 압축기로 바짝 말린 다음 비튼 것처럼 그의 손목은 비정상적으로 꺾여 있었다.

"이 새끼가……."

괜히 망설였다고 생각하며 다른 사내가 달려들려고 했다.

그렇지만 그는 순간적으로 든 섬뜩한 생각에 주춤거리며 물러났다.

상대의 눈이 새파랗게 빛나고 있었다.

'이게 도대체 무슨…….'

그리고 그는 손을 쓰기도 전에 정신을 잃었다.

건형은 몇 분 정도가 지난 뒤에야 제정신을 차렸다.

의식이 돌아와 보니 검은색 정장을 입고 있던 두 사내는 기절해 있었고 혈흔이 곳곳에 깔려 있었다.

건형은 어떻게 된 일인지 아직 파악하지 못한 상태였다.

그는 일단 자신의 몸 상태를 점검했다. 뒷머리 쪽을 만져 봤지만 다친 곳은 느껴지지 않았다. 핏덩어리가 단단히 뭉쳐져 있을 뿐이었다.

게다가 몸에서 알 수 없는 무언가가 들끓어 오르고 있었다. 그리고 그것은 계속해서 겉으로 분출해 내길 원하고 있었다.

건형은 일단 들끓어 오르는 이 무언가를 잠재우기 위해 애썼다. 처음에만 해도 통제 불가능이던 이 기운은 조금씩 건형의 인도 아래 잠잠해졌다.

그때 눈에 들어오는 게 또 하나 있었다. 애벌레가 날개를 갖고 진화하기 전 고치 상태에서 빠져나올 때 벗는 허물 같은 것.

그것이 근처에 고스란히 놓여 있었다.

게다가 지금 자신은 알몸 상태.

누가 여기 없었다는 것이 다행일 정도였다.

도대체 내 옷은 어디로 갔는지.

그리고 저 허물은 무엇인지.

이해가 안 가는 일투성이였다.

그러나 CCTV는 전부 다 차단되어 있는 데다가 상황을 알고 있는 두 사내는 기절해 있는 상태.

'이들을 깨워서 물어볼까? 무슨 일이 있었는지?'

그러나 썩 내키지 않는 일이다.

이들이 하는 말이 걱정됐기 때문이다.

그리고 자신이 인간이 아닌 다른 존재가 된 것은 아닌지 두려웠던 탓도 있었다.

완전기억능력 덕분에 엄청난 지식을 쌓았다.

그러나 이것은 자신의 지식 바깥의 이야기였다.

한마디로 믿을 수 없는 일이 일어났다는 것이다.

일단 이것을 확실히 파악해야 할 필요가 있었다.

Chapter. 04

그것은 뒤로하고 우선 여기까지 온 목적부터 달성할 필요가 있었다.

건형은 쓰러진 사내들 중 한 명의 옷을 벗겼다. 속옷만 내버려 둔 채 겉옷을 벗긴 건형은 체격이 비슷한 사내의 옷을 입었다. 약간 옷이 헐렁하긴 했지만 별 수 없었다.

그런 다음 복도에다가 두 사람을 밀어 둔 건형은 엔젤돌스 숙소 앞에 다가가서 문을 두드렸다.

잠시 뒤 날카로운 목소리가 들렸다.

"누구시죠?"

"민영이를 보러 왔습니다."

"누구신데요!"

"박건형이라고 합니다."

"박건형이요? 박건형이라면…… 혹시 지현 언니의 남자 친구라는 그분인가요?"

"예, 맞아요. 수현이 부탁 때문에 왔어요. 문 좀 열어주실 수 있을까요?"

지현이와 수현이 이야기 때문일까.

그녀의 말투가 꽤 누그러들었다.

잠시 뒤 문이 열렸다.

그녀가 의아한 얼굴로 물었다.

"여기 앞에 있던 사람들은 다들 어디 갔어요?"

그녀들이 바깥에 나가는 것을 막고 있는 경호원들을 물어보는 게 틀림없었다. 그들을 이야기하면서 인상을 잔뜩 찡그리는 걸 보니 그간 쌓인 게 이만저만이 아닌 모양이었다.

"저쪽에 있어요."

"저쪽요?"

"네, 둘 다 기절시켜 뒀거든요. 그보다 민영이 좀 만날 수 있을까요?"

"기절이요? 아니, 그보다 지현 언니 남자친구께서 여기 엔 무슨 일 때문에 오신 거죠?"

여전히 경계하는 눈빛이 강하다.

"직접 만나게 해 주면 이해할 거예요."

잠시 망설이던 엔젤돌스의 메인 보컬 희주가 조심스럽게 그를 데리고 민영의 방으로 향했다.

엔젤돌스가 머무는 숙소는 꽤 컸다.

이제 막 데뷔를 한 아이돌이 이렇게 넓고 좋은 숙소를 쓴다는 것은 사실 어불성설이다.

대부분 반지하에서 생활하곤 하니까.

그것은 반대로 이야기하면 에스프레야 엔터테인먼트가 얼마나 엔젤돌스를 귀중히 여겼는지 알 수 있는 대목이다.

"민영아, 손님 왔어."

"손님? 그게 무슨 말이야? 손님이 어떻게 와?"

"모르겠어. 일단 너를 찾아왔다는데. 지현 언니 남자친구분인데 수현이 부탁으로……."

벌컥—

말이 끝나기가 무섭게 방문이 열렸다.

희주가 눈을 휘둥그레 떴을 정도였다.

민영이 다급히 문을 연 다음 건형을 뚫어지게 쳐다봤다.

그리고 그녀는 무언가 단서를 캐치한 듯 그를 데리고 방 안으로 들어가 버렸다. 그런 다음 문을 다시 닫아 버렸다.

그 모습을 보던 희주가 혼잣말로 중얼거렸다.

"남자하고 단둘이 방에 들어가는 건……."

생각지도 못한 일이었다.

민영은 다짜고짜 건형을 자리에 앉혔다.

"지난번 저 구해 주셨던 그분 맞죠?"

"……."

"그때 왠지 낯이 많이 익다고 생각했는데…… 숙소에 와서야 기억이 났어요. 설마 오빠가 지현 언니의 남자친구이실 줄은 미처 생각지도 못했지만요."

"그래, 그보다 너 괜찮니?"

워낙 경황이 없었다 보니 뒤늦게 눈에 들어온 게 있었다.

그녀의 상태가 영 좋질 못했다.

치료를 해 두긴 했지만 분명히 다친 곳이 눈에 들어오고 있었다.

"누가 때린 거니?"

"괜찮아요."

"김기석 실장, 그 사람 짓이구나."

"……네."

"내가 여기 온 건 너한테 묻고 싶은 게 있어서야."

"뭔데요?"

"네가 진짜 원하는 게 뭔지 듣고 싶어. 나는 너의 대답을 듣고 난 다음 바로 태원 그룹 사장을 만나러 갈 생각이거든."

"만나서 어떻게 하려고요? 김 실장님…… 아니 그 사람 말이 태원 그룹 사장이 우리 회사를 쥐락펴락하고 있다고 들었어요."

건형도 이곳에 오기 전에 태원 그룹과 에스뜨레야와의 관계를 조사해 봤다.

태원 그룹 사장이 일부러 광고 트러블을 일으키며 에스뜨레야 엔터테인먼트를 압박하고 있는 것.

에스뜨레야 엔터테인먼트가 엔터테인먼트 업계에서 탑 쓰리를 다툰다고 하지만 태원 그룹에 비할 바는 못 된다. 태원 그룹은 국내에서 세 손가락 안에 드는 재벌 집안이니까.

태원 그룹 회장이 오늘내일 할 정도로 위독하지 않았다면 애초에 이렇게까지 개판이 될 일도 없었을 터다.

"그것은 걱정하지 마. 너한테 물어보고 싶은 건 하나야.

가수를 계속 하고 싶어?"

"물론이에요."

단 한 번의 망설임도 없이 즉각적으로 대답하는 모습을 보며 건형은 그녀가 확신을 가지고 있다는 것을 알 수 있었다.

연습생 생활만 해도 몇 년이 넘을 텐데 당연히 보상받고 싶은 심리가 있을 터.

건형이 민영을 보며 물었다.

"에스쁘레야 엔터테인먼트에 계속 남아 있어도 괜찮겠어?"

"별수 없어요. 계약 기간이 십 년인데 다른 곳으로 옮길 수 없거든요. 위약금을 낼 수 있는 것도 아니고요."

건형은 고민에 잠겼다.

플뢰르 같은 경우 여자친구인 지현이 소속되어 있는 걸그룹이다 보니 자신이 수단과 방법을 가리지 않고 그들을 빼내 왔다.

사실 박광호의 약점을 쥐고 흔들지 않았더라면 쉽게 빼내는 건 어려운 일이었으리라.

그러나 민영의 문제는 별개의 것이다.

그녀를 끝까지 책임진다는 건 불가능하다. 에스쁘레야

엔터테인먼트가 전부 다 그렇게 나오는 건지 아니면 김기석 실장 그자만 이렇게 더러운 짓을 일삼았던 것인지 확인해 볼 필요성은 있었다.

전부가 다 더러운 건 아닐 수 있으니까.

"그래, 알았다. 일단 아이돌 활동을 하는 데 아무 문제가 없도록 도와줄게. 그 대신 한 가지 명심해 둘 게 있어. 너를 가장 아껴야 하는 건 너 자신이야. 무슨 뜻인지 알지?"

"네, 알고 있어요."

"싫으면 싫다고 이야기해. 그리고 힘든 일이 있으면 언제든 나한테 연락하고. 아니면 지현이나 수현이한테 이야기해도 돼. 너한테 힘이 되어 줄 테니까."

"……고마워요. 오빠."

"고마울 거까지야. 이게 내가 할 일이라고 생각하니까 하는 거야."

"그래도요."

그리고 그녀는 모르지만 건형은 자신의 능력을 일부분 그녀에게 심어 줬다. 아마 그녀가 그 능력을 일깨우게 된다면 자신의 재능을 뚜렷하게 부각시킬 수 있게 될 것이다.

건형은 그녀를 뒤로한 채 엔젤돌스의 숙소를 빠져나왔다. 그리고 그가 향한 곳은 태원 그룹의 사장이 살고 있는 서울 청담동의 저택이었다.

민영은 점점 멀어지는 건형을 보며 눈동자를 게슴츠레 떴다.

자신도 모르게 가슴이 콩닥콩닥 뛰고 있었다.

'내가 왜 이러지?'

민영은 고개를 세차게 저었다.

이해할 수 없는 반응이었다.

그러나 떨쳐내려고 해도 마음 한구석에 자꾸 건형의 얼굴이 어른거리고 있었다.

스포츠카를 몰고 이동하기 전 건형은 김기석 실장이 여전히 있나 확인했다. 그러나 그가 주차시켜 둔 차는 진즉에 사라진 상태였다.

'어떤 결정을 내릴지는 지켜봐야겠지.'

건형은 우선 지혁에게 연락부터 취하기로 마음먹었다.

"형, 저예요."

[응, 잘 해결했어?]

"일단 애들은 만났고 이제 태원 그룹 사장을 만나러 가려고요."

[태원 그룹 사장이면 정 사장? 정인호?]

"네. 그 사람을 설득해 봐야죠. 설득한다고 마음을 내려놓을 사람 같진 않지만요."

잠시 동안 지혁이 말수를 줄였다.

그렇다는 건 그가 다른 좋은 아이디어가 떠올랐다는 것이다.

고민 끝에 지혁이 입을 열었다.

[태원 그룹 회장님을 만나 보는 건 어때?]

"정 회장님요?"

[그래. 그분을 우선 만나 봐.]

"아프다고 들었는데요?"

[글쎄. 일단 만나 보는 건 괜찮지 않을까? 내가 안면이 약간 있어. 한번 만나 보고 직접 대화를 나눠 봐. 미리 연락은 해 둘게.]

지혁의 추천이다.

귀담아듣는 건 나쁘지 않은 일이다.

태원 그룹 회장이라면 태원 그룹 사장보다 더 강한 힘을 갖고 있다고 볼 수 있다.

병상에 누워 오늘내일 하는 사람이 아니라면?

충분히 도움을 줄 수 있을 것이다.

건형이 아는 태원 그룹 회장은 일제강점기 당시 독립운

동 자금을 지원했을 뿐만 아니라 그 후에도 꾸준히 친일파 청산을 위해 애썼던 사람이었다.

믿어 봄 직한 사람이랄까.

"알았어요. 주소 알려 줘요."

[그래.]

얼마 지나지 않아 건형은 지혁이 이야기해 준 장소에 도착했다.

태원 그룹 회장 정용후가 현재 치료를 받고 있는 곳은 청담동에 자리해 있는 거대한 고급 저택이었다. 태원 그룹 정인호 사장이 살고 있는 곳과는 십 분 정도밖에 떨어지지 않는 거리에 위치해 있는 대저택이었다.

스포츠카를 몰고 인근에 도착한 건형은 우선 근처에 차를 댔다. 그러자 한 사내가 달려와서 건형에게 입을 열었다.

"여긴 사유지입니다. 주차하실 수 없습니다."

"아, 저는 정 회장님을 찾아왔습니다."

"그러면…… 박건형 씨 되십니까?"

"예. 맞습니다."

"크흠, 알겠습니다. 저를 따라오시죠."

주차를 마친 뒤 건형은 사내 뒤를 쫓았다.

커다란 저택 정문이 열리고 그 내부가 드러났다.

작고 아담하게 꾸며진 정원, 한쪽 구석에는 작은 물줄기가 시냇가를 이루고 있었다. 그리고 고풍스럽게 쌓아 올린 석탑도 눈에 들어왔다.

일반인은 엄두도 내지 못할 정도로 고급스러운 저택, 겉으로 보기에는 수수하다고 생각할지 모르지만 실제로는 하나하나가 장인의 손길이 담긴 수억 원을 호가하는 물건들이었다.

그렇지만 건형은 주저 없이 안으로 향했다.

그에게는 해결해야 할 일이 산더미처럼 쌓여 있었다.

그런 것들을 보며 시간을 낭비할 수는 없었다.

그에게는 완전기억능력이 있지만 시간은 누구에게나 공평하기 때문이다.

문이 열리고 건형이 그 안으로 발걸음을 옮겼다.

슬리퍼로 갈아신고 난 다음 건형은 간호사를 쫓아 정 회장이 있는 침실로 향했다.

엄청난 크기의 침실에는 일흔이 넘어 보이는 노인이 잠들어 있었다. 고르지 못한 숨소리, 언제라도 숨이 넘어갈 것처럼 위태로워 보이는 모습, 팔뚝 곳곳에 꽂혀 있는 수십 개의 튜브 선까지.

누가 봐도 위중해 보였다.

그의 옆에 서 있는 단아한 인상의 젊은 여자가 입을 열었다.

"할아버님께서는 조금 전에 잠드신 상태예요. 깨어나실 때까지 기다려 주시겠어요?"

"예, 알겠습니다."

"응접실에서 쉬고 계시면 할아버님이 깨셨을 때 따로 말씀드리겠습니다."

할아버님라고 이야기하는 걸 보아하니 태원 그룹 회장의 손녀쯤 되는 듯했다.

건형은 정용후가 깨어나길 기다렸다.

지혁이 한 번 만나 보라고 한 사람이다. 무조건 징죄하는 것보다 더 좋은 해결책이 있다면 그것을 선택해도 나쁘지 않은 하나의 방법이 될 터.

그 시간 동안 건형은 틈틈이 지현과 연락을 주고받았다.

지현은 솔로 활동을 마무리 짓고 그룹 활동을 할 준비를 하고 있었다.

한동안 쉬면서 신곡을 준비했던 플뢰르가 슬슬 정규 3집으로 돌아올 준비를 마친 셈이었다.

일각에서는 정규 3집보다 싱글 앨범을 한두 개 더 낸 다음 정규 앨범을 내자고 주장했지만 지현의 인기가 절정에 다다른 지금 정규 앨범을 내는 게 바람직하다는 의견이 힘을 받고 있었다.

분명히 일리가 있는 이야기였다. 최근 들어 지현의 주가는 무서울 정도로 올라가고 있었고 그것을 썩혀 둔다는 것은 경영자로서 해야 할 바람직한 일은 아니었다.

어쨌든 3집 앨범 준비로 바쁘다 보니 최근 들어 자주 만나지 못하고 있었고 그렇다 보니 휴대폰으로 메시지를 주고받는 게 전부였다.

그래도 회사 내 연습실에서 안무를 짜고 준비를 하는 것이다 보니 만나고 싶으면 언제든지 만날 수는 있었다. 지금 건형은 레브 엔터테인먼트의 대주주이자 사장 다음 가는 위치에 있었으니까.

다만 건형이 그것을 자제하고 있을 뿐이었다.

서로 간의 영역을 존중하고 싶어서였다.

그렇게 휴대폰으로 메시지를 주고받고 있을 때였다.

새로운 메시지가 도착했다.

그한테 메시지를 보낸 건 지난번 대기실에서 한 번 만난 적이 있는 걸그룹 슈퍼스타의 메인 보컬 이혜미였다.

그때 유독 달라붙어서 지현의 신경을 자극했던 그녀는

요즘에도 꾸준히 메시지를 보내고 있었다.

처음에는 그냥 털털한 여동생으로 생각했지만 최근 들어서 그게 점점 바뀌어 가고 있었다. 마치 자신을 연인 보듯 대하고 있었으니까.

그렇다고 그것을 또 직접적으로 표현하는 건 아니었다. 흔히 말하는 밀당의 고수라고 할까?

연애 경험이 없는 지현에 비해서 그녀는 베테랑이었다.

그렇다 보니 종종 건형도 그녀한테 맥을 못 출 때가 많았다.

[오빠, 밥 사 줘요. 지난번에 밥 사주기로 약속했었잖아요.]

[지금 내가 바빠서. 다음에 먹자.]

[또 미뤄요? 아예 그럴 거면 그냥 시간을 확실히 잡아두면 안 돼요? 언제까지 미루기만 할 건데요!]

그때였다.

한 남자가 건형에게 와서 입을 열었다.

"아가씨께서 오셔도 좋다고 하십니다. 회장님께서 일어나셨습니다."

"아, 알겠습니다."

"휴대폰은 잠시 꺼 주셨으면 좋겠습니다."

전자파 때문일까?

건형은 순순히 휴대폰 전원을 껐다. 그런 다음 정용후 회장을 만나기 위해 다시 안방으로 향했다.

정용후 회장은 침대에 비스듬하게 몸을 기대고 있었다.

그가 들어오자 정용후 회장의 손녀딸을 비롯한 다른 사람들이 일제히 방에서 나갔다. 정용후 회장이 미리 언질을 해 둔 모양이었다.

"처음 뵙겠습니다. 박건형이라고 합니다."

"아아, 이야기는 많이 들었네. 일단 자리에 앉지."

건형은 정용후 회장 바로 옆에 앉았다.

그 옆에서 그는 정용후 회장의 눈빛을 마주 볼 수가 있었다.

이글거리는 눈빛에 온몸에서 뿜어져 나오는 날카로운 기세까지.

'호랑이구나.'

늙은 호랑이라고 하나 그 이빨은 여전히 날카로워 보였다.

그제야 건형은 깨달을 수 있었다.

이 거인이 병을 핑계 삼아 여기 누워 있다는 것을.

건형의 기세가 바뀌었다는 것을 눈치챈 것일까.

정용후 회장이 웃으며 입을 열었다.

"하하, 알아차렸나보군."

"일부러 와병을 핑계 삼아 누워 계신 이유가 무엇입니까?"

정용후 회장이 가운데에서 자리를 확고하게 잡고 있었다면 태원 그룹이 이 지경까지 오진 않았을 것이다.

호랑이상의 그가 볼 때 그 자식들은 하룻강아지에 불과할 테니까.

어째서 태원 그룹을 이렇게 방치해 두고 있는 것인지 이해할 수가 없었다.

"왜 내가 그룹을 방치해 두고 있는지 궁금한가? 젊은이?"

"그렇습니다."

"듣기로 자네는 천재라던데 자네가 직접 이야기해 보면 어떻겠나? 이미 머릿속에는 그 정답이 떠오른 모양인데 말이야."

건형도 생각해 둔 바는 있었다. 그리고 짐작이 가는 것도 있었다.

그렇지만 그가 생각하는 것이 맞다면 이 영감은 그 누구보다 무자비한 사람일 터였다.

그래도 물어볼 수밖에 없었다.

"고인 물은 썩는 법이죠. 그 고인 물을 모두 버리려고 하십니까?"

"하하, 그래. 그게 내가 바로 원하는 것이네. 새 술은 새 부대에 담아야 한다고 하지 않던가?"

새 술은 새 부대에 담아야 한다.

정용후 회장이 오랜 시간 이 저택에 침거한 이유는 하나였다.

썩은 물과 그렇지 않은 물을 골라내고자 함이었다.

그렇지만 그 누구도 그의 심계를 예상하지 못하고 있었다.

"들어 보니 지혁 군이 그 누구보다 아끼는 동생이라더군. 지혁 군과는 어떻게 아는 사이인가?"

말을 해야 할까 말까.

망설이던 건형에게 그가 웃으며 입을 열었다.

"신중해서 나쁠 것은 없지. 성철 군은 내게도 좋은 벗이었어. 나는 그의 호방하고 담대한 기상을 높이 샀지. 뺑소니 사고로 죽을 거라고는 생각지도 못했지만."

아버지를 알고 있다?

건형이 의아한 얼굴로 그를 쳐다봤다.

정용후가 환하게 웃으며 말했다.

"그렇게 방대한 정보 조직을 운영하려면 천문학적인 자금이 필요할 텐데 누가 그 자금을 댔을 거라고 생각하나? 지혁 군의 전 재산을 털어도 불가능한 일일 텐데 말이야."

그의 말이 맞다.

정보 조직이 한 해 잡아먹는 예산은 무지막지하다.

미국 국가 안보국의 한 해 예산이 약 80억 달러다.

우리나라 돈으로 치면 9조 440억 원이다. 서울시 예산이 27조 원 정도임을 감안해 보면 정말 많은 돈이 들어가고 있다.

최첨단 정보를 모으고 요원을 길러 내고 첨단 장비를 사들이는데 이런 막대한 비용이 들어간다.

지혁이 만들어 낸 정보 조직도 미국 국가 안보국만큼은 아니지만 꽤 많은 돈이 들어가고 있다.

그렇다면 누군가 필연적으로 그 자금을 지원했을 터.

그리고 그 자금을 지원해 준 것이 바로 태원 그룹이었던 셈이다.

공교로운 일이다.

그러나 한편으로는 어느 정도 이해가 갈 법한 일이었다.

태원 그룹 회장 정용후.

그는 일제강점기 시절 독립운동 자금을 지원했을 만큼 국가에 대한 애정이 누구보다 남달랐던 사람이다.

올해 그의 나이 여든일곱, 웬만한 재벌집 사람이라면 느긋하게 노후를 즐기면서 여유롭게 낚시를 다니고 심신을 쉬게 할 때다.

그러나 그는 호랑이다.

잠시도 쉴 틈이 없다.

눈빛에는 강렬한 야욕이 담겨 있다.

그렇지만 개인적인 야욕이 아니다. 조금 더 크고 넓게 바라보고 있는 것이다.

바로 이 나라를 위해서.

"자, 그것은 중요한 일이 아니지. 나를 찾아온 이유가 있다고 들었네. 한번 이야기를 들어 보지."

"제가 회장님을 찾은 건 아드님 문제 때문입니다."

"아들?"

"예. 태원 그룹 정 사장님 말입니다."

"아, 둘째 이야기군."

"그분께서 한 엔터테인먼트 회사를 압박하고 있습니다. 그렇게 된 이유는……."

건형이 자초지종을 늘어놓았다.

민영과 얽힌 일부터 시작해서 모든 일을 다 털어놓았다.

눈을 감고 한참 동안 생각에 잠겨 있던 정용후 회장이 나지막하게 한숨을 내쉬었다. 그리고 안타까운 목소리로 입을 열었다.

"그것을 모르는 바는 아니었네. 어느 정도 짐작은 하고 있었지. 내 눈은 사방에 깔려 있으니까 말이야. 그래도 직접 이야기를 듣게 되니 내가 자식 농사를 잘못 지은 모양이야."

"아닙니다. 그래서 저는 회장님이 이 일을 지금이라도 바로잡아 주셨으면 합니다. 한 회사의 운명과 한 아이의 미래가 걸린 일입니다."

"그래. 결자해지라고 했겠다. 내 집안일인데 내가 풀어야겠지. 그리고 슬슬 움직일 때가 무르익었다고 생각하고 있었다네. 이쯤에서 그룹을 한번 정리할 필요가 있다고 생각했거든."

"회장님을 믿겠습니다."

믿어도 되겠냐는 질문은 필요하지 않았다.

그가 여태 해 온 행적을 본다면 그는 공과 사의 구분이 매우 명확한 사람이었다. 그리고 자신의 혈족에게도 냉정하게 철퇴를 휘두를 수 있는 사내였다.

말 그대로 거인.

그가 직접 움직이기 시작한 것이다.

한국 경제 시장이 요동쳤다.

거인의 등장.

그것이 주는 위력은 대단했다.

태원 그룹 주가가 순식간에 상승세를 보였다.

그 상승 폭이 무려 35%!

결과는 엄청났다.

태원 그룹 임원들은 모두 몸을 사리기 시작했다.

올해 여든일곱의 노회장이 복귀했다.

이것만 놓고 보면 문제 될 일은 없었다.

그렇지만 관건은 다른 데 있었다.

그동안 계속해서 병상 신세를 지고 있던 노회장이 왜 하필이면 지금 이 시기에 복귀했느냐, 그것이 문제 될 소지가 있다는 것이었다.

다들 몸을 사리기 시작했다.

칼날이 목젖 바로 앞까지 이른 상태다.

여기서 한 번 실수를 저질렀다가는 바로 저세상으로 갈 수도 있었다.

정 회장은 경영 일선에 나서겠다고 선언했다. 그리고 그는 그룹 전체를 뜯어고치기 시작했다.

줄줄이 많은 사람들이 도미노처럼 엮여서 감사실로 불려 갔다. 그룹 임원들도 예외는 아니었다. 물론 정씨 일가도 있었다.

즉, 그룹의 핵심 요직을 차지하고 있는 혈족들도 그 서슬 퍼런 철퇴를 피하지 못한 셈이다.

면밀한 조사가 들어가기 시작했다.

그동안 이루어진 비리가 없었는지 하나도 놓치지 않고 조사가 이루어졌다.

대대적인 혁신.

국내 최고의 그룹이었던 태원 그룹은 어느덧 3위까지 추락한 상태였다.

키를 쥐고 있는 선장이 없던 탓이다.

그런데 그 선장이 돌아왔다.

그와 함께 이루어진 대대적인 구조 개혁.

'변화가 불어오고 있다.'

누구나 그런 생각을 할 수밖에 없었다.

정용후 회장이 일선에 복귀하고 닷새가 지났다.

그리고 태원 그룹 사장이자 태원 전자의 대표이사이기도

한, 정용후 회장이 신임하던 둘째 아들 정인호가 사직서를 제출했다.

정용후 회장의 첫째 아들은 오래전 병마와 싸우다가 세상을 떠났기에 사실상 정인호가 그룹의 황태자나 다름없는 상황이었다. 그렇다 보니 그에게 끈을 연결해 둔 고위직 정치가들도 제법 많았다.

그들 모두 낙동강 오리알 신세가 되어 버렸다.

끈 떨어진 연이 되어 버린 것이다.

정인호 사장이 사직서를 제출하고 그날 정용후 회장은 자택으로 정인호를 불러들였다.

정인호의 얼굴은 잔뜩 굳어져 있었다.

삼일천하였다.

이 기간 동안 어떻게든 영향력을 넓히고 아버지의 그늘에서 벗어나려고 했는데 결국 이루지 못했다. 그리고 그에게 주어진 성적표는 사직이었다.

"왜 내가 너를 내쳤는지 아느냐?"

"모르겠습니다, 아버지."

아버지는 여전히 어렵다. 마치 거대한 태산을 마주하고 있는 느낌이다.

잠자코 있던 정용후 회장이 깊게 숨을 내뱉으며 입을 열었다.

"후우, 나는 너를 태원의 다음 리더로 여겼다. 태원 그룹을 이끌어 갈 후계자로 믿고 있었지. 그런데 네가 내 믿음을 저버렸다. 내가 지난번에 너한테 이야기했을 것이다. 한번 깨진 믿음은 더 이상 붙을 수가 없다고."

"예, 기억하고 있습니다."

"그러면 더 말하지 않아도 되겠구나."

"아버지! 제가 무엇을 잘못했다고 이러시는 겁니까!"

"고얀 녀석. 여기까지 말했으면 알아들을 것이지 여전히 네가 무슨 잘못을 저질렀는지 모르겠단 말이냐! 나도 눈이 있고 귀가 있다."

'설마……'

정인호가 눈을 휘둥그레 떴다.

설마하니 그 일이 들통 난 것일까?

은밀하게 해 오던 일이다.

별거 아니었다.

기브 앤 테이크.

자신은 출세할 수 있는 기회를 주고 그들은 자신의 욕망을 채워 주고.

그게 전부였다.

"못난 녀석. 며늘아기한테 평생 속죄해도 모자랄 것을. 쯧쯧."

그 이야기를 듣자마자 정인호는 깨달을 수 있었다.

아버지가 그 사실을 이미 알고 있다는 것을.

"......."

"더 할 말 없으면 냉큼 나가거라. 앞으로 네가 하는 것을 봐서 생각을 재고해 보든가 할 것이다."

정인호가 나가고 정용후 회장은 탄식을 흘렸다.

그룹을 이어받을 아들이 그런 불미스러운 일에 연루되어 있지 않기만을 바랐다.

그러나 그것은 헛된 기대였다.

자신이 잠깐 자리를 비운 사이 그룹은 내부로부터 썩어 들어가고 있었다.

지금은 그 썩어 들어가고 있는 병폐를 지워 버려야 할 때였다.

'박건형이라고 했던가…….'

그러고 보니 눈에 차는 아이가 한 명 있었다.

지혁의 소개로 자신을 찾은 젊은 아이.

아니, 젊다기보다는 어리다고 보는 게 맞을 정도.

이제 스물네 살이라고 했던가?

호기심이 생겼다.

경영 일선에 복귀하기 전에도 여전히 그는 귀와 눈을 열어 두고 있었다. 경영 기획실, 기획 전략 본부 등 그룹에는 엄청나게 많은 조직들이 있고 그 조직들 모두 정용후의 수족이나 다름없다.

그들을 통해 정용후는 다양한 정보를 수집하고 있었고 박건형에 대해서도 알게 됐었다.

처음 그가 부각을 드러낸 것은 한 퀴즈쇼에서였다. 역대 최대 금액을 상금으로 수령하며 단숨에 스타덤에 올랐다.

그 후 세계 수학 7대 난제 중 하나로 꼽히는 리만 가설을 증명하는 데 성공하며 학자로서의 명망을 쌓았다. 거기에는 푸앵카레 추측을 증명한 헨리 잭슨 교수의 도움도 컸다.

이십 대 후반이라는 어린 나이에 엄청난 성과를 이뤄 냈다.

그렇다 보니 오래전부터 친분이 있던 지혁이 한번 만나 줄 수 없겠냐고 하는 말에 바로 수락을 한 것이었다.

그리고 알게 된 새로운 이야기들.

그의 아버지가 자신이 그렇게 아끼던 박성철이었고 그때 하다가 도중에 중단된 일을 아들이 이어받아서 하려고 한다는 것까지.

'그 프로젝트는 사실상 어려운 거였어.'

정용후도 야심 차게 준비한 프로젝트였다.

리폼(Reform) 코리아 프로젝트

우리나라는 태생적으로 한계를 가지고 있다.

자주적으로 국권을 회복하지 못했다.

독립군이 활동했지만 독립군의 힘으로 국권을 회복한 것이 아니라 연합군이 일본을 항복시키면서 얻게 된 것이다.

그중에서 가장 역할이 컸던 게 바로 미국이다.

그 후 정치적으로 우리나라는 두 노선으로 갈라섰고 러시아, 중국과 가까운 쪽은 북한으로, 미국과 가까운 쪽은 남한이 되었다.

한편 해방 이후 우리나라의 중요 과제 중 하나는 친일파 청산이었다. 36년이라는 긴 시간 동안 일본이 강제로 점령했던 만큼 친일파가 적지 않았기 때문이다.

그 때문에 반민족행위특별조사위원회, 이른바 반민특위가 친일파의 반민족 행위를 처벌하고자 제헌국회에 설치되었지만 이승만 대통령이 이 반민특위를 해체해 버린다.

그것에는 미군정의 압박이 있었는데 미군정의 동맹 세력

인 친일관료, 경찰, 정치인 등이 대상으로 포함되어 있었기 때문이다.

어쨌든 그로 인해 친일파 청산은 물 건너갔고 친일파 정치인이나 재벌들은 목숨을 부지할 수 있었다. 그리고 그들의 영향력이 막강한 힘을 발휘하게 된 것도 사실이었다.

그래서 정용후 회장이 리폼 코리아 프로젝트를 준비한 것이었다.

정용후 회장 말고도 몇몇 기업인들, 정치인들이 이 프로젝트에 가담했고 꽤 많은 자금이 들어갔다.

그러나 프로젝트는 결과적으로 실패였다.

많은 사람들이 중도에 그 뜻을 접었다. 이들만의 힘으로는 어렵다고 여긴 것이다. 그리고 박성철이 뺑소니 사고로 죽으면서 프로젝트는 전면 백지화됐다.

정용후 회장이 여러 차례 힘을 써서 이 일을 자세하게 알아봤지만 돌아오는 대답은 모른다, 뿐이었다. 그 배후에 6선 국회의원 강해찬이 있다는 것을 알게 된 건 몇 년이 지난, 프로젝트가 사실상 폐기되고 난 후의 일이었다.

'한번 만나 볼 만한 가치가 있겠어. 만약 그 아이가 자질이 된다면 그 프로젝트를 다시 재건할 수 있을지도 모르지.'

쇠뿔도 단김에 빼라는 옛말이 있다.

이왕 마음이 정해졌는데 굳이 망설일 이유는 없었다.

"김 차장, 자리에 있나?"

[예, 회장님.]

"잠시 올라오게."

얼마 지나지 않아 회장실 안에 오십 대 중반의 장한이 들어왔다.

"부르셨습니까? 회장님."

"지금 한 아이를 데려와 주게."

"예? 누구를 말씀하시는 것인지……."

이십 년 넘게 모시고 있지만 오늘 처음 들어 보는 생소한 명령에 그룹 기획실의 김 차장이 눈을 휘둥그레 떴다.

"박건형이라는 아이를 데려와 주게. 이건 그 아이 연락처일세."

"박건형이라면 그 퀴즈의 신을 말하시는 겁니까?"

"맞아. 언제까지 가능하겠나? 오늘 저녁을 같이 먹었으면 싶은데 말이야."

"알겠습니다. 리츠 칼튼 호텔 레스토랑에 자리를 마련해 두라고 언질을 해 두겠습니다. 오후 일곱 시까지는 데려오겠습니다."

"귀한 손님이니 무례하지 않게 하게나."

"예, 회장님."

정용후는 김 차장이 나간 뒤 푹신푹신한 의자에 깊숙이 몸을 파묻었다.

건형은 레브 엔터테인먼트에서 정 사장과 이야기를 나누던 도중 누군가가 자신을 찾는다는 이야기를 들었다. 그래서 누군가 하고 나가보니 상대는 태원 그룹 기획실의 김 차장이라는 사내였다.

"태원 그룹에서 박 이사님을 찾을 이유가 있습니까?"

국내에서 세 손가락 안에 들어가는 태원 그룹이다.

게다가 그 그룹 회장은 다른 회장들과 다르게 스스로 태원 그룹을 일군 불세출의 역군이다.

정 사장의 목소리에는 호감이 깊게 어려 있었다.

기업을 경영하는 사람이라면 누구나 롤모델로 삼는 게 바로 정용후 회장이기 때문이다.

"음, 한번 만나 봐야겠습니다."

지난번 일이 머릿속을 스치듯 지나갔다. 엔젤돌스 그리고 정인후 사장과 관련된 일이라면 이미 해결된 것으로 이야기를 들었다.

정용후 회장이 일선으로 나서며 에스뜨레야 엔터테인먼트에 가해지던 압박이 자연스럽게 풀렸고 엔젤돌스는 다시 방송 활동을 시작할 것이라고 들었다.

오늘 이곳에서 건형이 정 사장과 이야기를 나누고 있는 것도 플뢰르의 3집 활동 시기를 조율해야 했기 때문이었다.

김기석 실장은 바로 파면됐다. 그 혐의는 폭행이었고 징역형을 살게 될지도 모른다는 이야기를 들었다.

정인호 사장 같은 경우에도 검찰의 소환이 이어졌다. 혐의는 미성년자 성매매, 원래대로라면 그룹 차원에서 이 일을 틀어막았을 것이다.

그러나 정용후 회장의 의사는 단호했다. 죄를 지었으면 마땅히 그 벌을 받아야 한다는 것이 그의 정론이었다. 그리고 정인호 사장은 처분을 기다리는 신세가 되어 버리고 말았다.

건형은 건물 바깥으로 내려왔다. 그리고 그는 그곳에서 김 차장을 만날 수 있었다.

"회장님께서 저를 찾으신다고요?"

"그렇습니다. 회장님께서 당신을 정중히 모셔 오라고 부탁하셨습니다."

"흠…… 어디로 가면 되죠?"

"제가 모셔다드리겠습니다."

"지금 가야 하나요?"

"아직 시간적인 여유는 있습니다. 저녁을 함께하고 싶다고 하셨거든요."

"그러면 잠시 회사 일을 마무리 짓고 오겠습니다."

"예, 얼마든지 그러셔도 좋습니다. 여기 아래에서 기다리고 있겠습니다."

건형은 남은 일을 마저 마무리 지었다.

플뢰르의 3집 일정, 신곡 준비, 그 밖에 여러 가지 일들로 당분간 꽤 바쁠 것이 예상되었기 때문이었다.

그렇게 일을 마무리 짓고 난 다음 시간을 보니 어느새 시계는 일곱 시를 향해 달려가고 있었다.

한 시간 정도가 지난 셈.

건형은 건물 아래로 내려오기 전 김 차장에게 전화를 걸었다.

"차장님, 이제 일을 다 마무리했네요. 지금 가실 수 있을까요?"

[예. 바로 준비하겠습니다.]

북적거리는 소리를 들어 보니 커피숍에서 기다리고 있던

모양이다.

건형은 김 차장이 직접 운전하는 중형 세단을 타고 리츠 칼튼 호텔로 향했다.

리츠 칼튼 호텔로 가면서 건형이 물었다.

"회장님께서 저를 왜 찾으시는 거죠?"

"저도 잘 모르겠습니다. 갑자기 저를 부르셔서는 오늘 같이 저녁을 먹고 싶으니 데려와 달라고 하셨습니다."

"알겠습니다. 아무래도 회장님을 직접 만나 봐야 알 수 있겠네요."

짐작이 가는 일은 몇 가지 있었다.

그러나 일단 직접 만나 봐야 확신을 가질 수 있을 것 같았다.

정용후 회장은 건형이 오자마자 그를 환하게 웃는 얼굴로 반겼다.

며칠 전까지만 해도 병상에 누워 있던 그 할아버지라고는 생각이 안 들 정도였다.

"왔군. 일단 자리에 앉게."

"예, 회장님."

원래 오늘 건형은 지현과 저녁을 먹을 생각이었다. 그래서 괜찮은 레스토랑도 알아보려고 했었는데 정용후 회장 때문에 일이 꼬이고 말았다.

아무래도 밥을 먹고 집에 가면 단단히 삐진 지현을 달래 줘야 할 것 같았다.

그건 그렇고 일단 정용후 회장한테 먼저 물어볼 게 있었다.

"무슨 이유로 저를 찾으신 것입니까?"

"요새 젊은이들은 급하단 말이야. 저녁을 먹고 나서 이야기하는 게 어떻겠나?"

어차피 같이 밥을 먹기로 했고 이것은 물릴 수가 없어졌다.

건형은 고개를 끄덕여 보였다.

"그렇게 하죠."

저녁 만찬은 훌륭했다.

5성급 호텔에서 특별하게 조리한 일품요리다웠다.

저녁 식사가 끝나자 어느덧 아홉 시가 넘어가고 있었다.

코스로 차례차례 나오다 보니 시간이 오래 걸릴 수밖에 없었다.

그동안 정용후 회장은 단 한마디의 말도 없이 묵묵히 식사만을 하고 있었다.

어째서 그가 자신을 부른 것일까?

건형 입장에서는 이해할 수 없는 일이었다.

그때 저녁을 다 먹고 난 뒤 정용후 회장이 나지막한 목소리로 입을 열었다.

"리폼 코리아 프로젝트에 대해서는 들은 적이 있나?"

건형은 고개를 저었다.

리폼 코리아 프로젝트에 대해서는 들은 바 기억이 없었다.

잠시 고민하던 정용후 회장이 리폼 코리아 프로젝트에 대해 이야기하기 시작했다.

자신의 아버지와 지혁의 아버지, 그리고 여러 사람들이 이리 얽히고설킨 일이었다.

주된 목적은 친일파 청산, 그리고 궁극적인 목표는 대한민국의 개혁이었다.

그러나 이 계획은 여러모로 무리가 많이 따르는 정책이었다. 그래서 결국 중간에 무너지고 말았다.

정용후 회장이 그룹 경영 일선에서 물러난 것도 그것 때문이었다. 리폼 코리아 프로젝트가 좌초된 탓에 잠시 경영에서 물러난 것이었다.

그가 운영자금을 마련하기 위해 그룹 내부에서 비자금을

만들고 그것을 투자하고 그런 식으로 해 왔던 게 몇십 년간의 일이었다.

그 고생이 한순간에 물거품이 되어 버렸으니 당연히 기운을 잃을 수밖에 없었고 여든일곱이나 된 노구에 무리가 가는 게 당연했다.

"그래서 내가 자네한테 한 가지 제안하고 싶은 게 있네."

리폼 코리아 프로젝트에 관련된 이야기리라.

"자네가 그 프로젝트를 다시 살려냈으면 싶네."

"제가요? 저는 그럴 만한 힘이 없습니다."

건형이 고개를 저었다.

개인이 하기엔 힘이 부치는 일이다.

유능한 사람이 수십, 수백 명 필요하다.

그리고 그들 모두 혈연으로 이루어져 있어야 할 정도로 서로 간에 굳건한 신뢰가 필요하다.

한 명이 등을 돌리면 그 조직은 바로 와해될 수밖에 없기 때문이다.

정용후 회장이 얼굴을 굳혔다.

"내게 남은 희망은 자네뿐일세."

그룹의 황태자이자 후계로 여겼던 둘째 아들이 저 모양 저 꼴이 됐다.

정용후 회장에게는 청천벽력 같은 소리다.

그러나 그는 주저 없이 그 혈육을 끊어 냈다.

대의를 위해서였다.

"제게 생각할 시간을 주시겠습니까?"

"물론이지. 내 마음을 헤아려줬으면 하네."

저녁 식사가 끝났다.

건형은 무거운 얼굴로 집에 가는 차를 얻어 탔다.

집으로 가는 동안 김 차장은 아무 말도 없었다.

차에서 내린 뒤 잘 부탁한다고 한마디만을 했을 뿐이었다.

이제 남은 결정은 건형의 몫이었다.

그가 결정을 내려야만 했다.

Chapter. 05

태원 그룹 회장 정용후의 부탁.

그로서도 쉽지 않은 결정이었을 것이다.

어쨌든 건형은 그의 둘째 아들을 파멸시킨 장본인이다.

그러나 정용후 회장의 결심은 확고부동했다.

그에게 공은 공이고 사는 사다.

그리고 정용후 회장의 생각에 박건형은 정말 쓸 만한 재목이었다. 한두 달 정도 기획실에서 일하는 걸 보고 마음에 든다 싶으면 본격적으로 경영에 관여하게끔 할 생각이었다.

그런데 정용후 회장이 그런 결정을 내린 것에는 조금은 다른 이유도 있었다.

건형을 데려다 준 뒤 김 차장은 정용후 회장한테 전화를 걸었다.

"회장님, 모셔다 드리고 왔습니다."

[잘했네. 지금 어디인가?]

"이제 슬슬 퇴근할 준비 중입니다."

[그러면 리츠 칼튼 호텔로 잠깐 와 주게. 집에 데려다 줄 사람이 없어 막막하군.]

"아직 돌아가시지 않으셨습니까? 제가 곧 가겠습니다."

김 차장은 재빠르게 세단을 몰고 리츠 칼튼 호텔로 향했다.

제한 속도까지 밟아 댄 덕에 이십 분 만에 리츠 칼튼 호텔에 도착할 수 있었다.

정용후 회장은 불빛이 은은하게 남은 레스토랑에 홀로 앉아서 와인 잔을 비우고 있었다.

"회장님, 왜 아직도 여기 계십니까?"

"생각할 게 많아서 말이야. 그래도 자네 덕에 집에는 돌아갈 수 있겠어."

"제가 모시겠습니다. 일단 가시죠."

김 차장이 세단을 직접 몰고 다시 정 회장의 자택으로 움직이기 시작했다.

차를 몰던 김 차장이 조심스러운 목소리로 물었다.

"회장님, 무슨 고민이라도 있으신 것인지……."

이십 년 넘게 정용후 회장을 지척에서 모셨던 김 차장이다.

그의 얼굴을 보면 어느 정도 감정선을 엿볼 수 있다.

그리고 지금 정용후 회장은 무척 동요하고 있었다.

"그 아이를 보니까 오래전 떠난 벗이 생각나서 말이야."

"오래전 떠난 벗이라면……."

"성철이 말일세."

김 차장이 입술을 깨물었다.

정용후 회장이 말하는 사람이 누군지는 그도 잘 알고 있다.

정의감에 불타올라 있었던 경찰.

정용후 회장과 함께 리폼 코리아 프로젝트를 주도했던 장본인 중 한 명.

김 차장과는 동갑내기로 김 차장은 그와 여러 차례 술잔을 기울이며 인생을 논하기도 했었다.

막역지우나 다름없는 사이, 김 차장에게도 박성철은 잊

지 못할 사내다.

"아버지를 빼닮았더군요."

"그래. 요즘 애들 같지 않지. 그러니까 지혁 군이 그 아이를 눈여겨봤던 거 같고. 내가 만약 현역이었으면 그 아이에게 더 많은 도움을 줬었을 텐데 그러지 못한 게 아쉽네. 결국 자수성가하긴 했지만 그동안 꽤 많은 고생을 했던 모양이더군."

"그래도 명문대에 들어갔고 지금은 레브 엔터테인먼트의 대주주이더군요. 회장님께서 우려하지 않아도 될 거 같습니다."

"여자친구가 있다던데…… 사실인가?"

"예. 플뢰르라는 아이돌 그룹의 리더라고 합니다. 이번에 솔로 앨범으로 시장을 거의 싹 쓸다시피 하기도 했고요."

"아, 들어 본 기억이 있어. 꿈의 기억이라고 했던가? 노래가 정말 괜찮더군. 심금을 울리는 노래였지."

"예. 그 때문에 고정 팬이 정말 많습니다. 그런데 덜컥 열애설을 발표하는 바람에 그날 실시간 검색어 순위를 숱하게 차지하기도 했었습니다."

열애설이 발표되던 날 곳곳의 포탈 사이트들은 마비되다

시피 했다.

최고의 아이돌이자 이십 대 중 최고의 가수로 손꼽히던 걸그룹 플뢰르의 리더이자 메인 보컬 이지현이 열애설이 났기 때문이다.

그것도 몇몇 타블로이드에서 지라시 같은 수준으로 보도한 게 아니라 기획사에서 공식적으로 인정한 것이었다.

그렇다 보니 그 파급력이 엄청 클 수밖에 없었다.

난리가 아니었다.

그렇지만 대다수의 팬들은 그녀를 존중해 주기로 결정했다.

사랑하는 사람이 생겼다고 하는 데 반대해 봤자 무의미한 일이었기 때문이다.

물론 일부 광적인 팬들은 난리법석을 떨어 댔다. 개중에는 특히 중고등학생들이 많았는데 가장 곤혹스러워한 건 레브 엔터테인먼트였다. 전화가 계속해서 폭주했기 때문이다.

그 때문에 업무가 마비될 지경에 이르자 레브 엔터테인먼트는 그와 관련된 전화는 받자마자 바로 끊어 버리는 강수를 두기도 했다.

어쨌든 정용후 회장은 그 말에 약간 아쉬운 표정을 지어 보였다.

김 차장이 그 표정을 보며 무슨 생각을 하는지 대번에 알아차렸다.

"아까우십니까?"

"좋은 인재니까 아까울 수밖에. 손녀사윗감으로 딱인데 말이야."

"……그 정도입니까?"

정용후 회장을 지척에서 간호하던 건 그의 하나뿐인 손녀딸이었다. 자식이 많았지만 대부분 손자밖에 낳지 않았고 손녀딸은 한 명뿐이었다.

막내아들이 낳은 딸로 그에게는 금지옥엽이나 다름없었다.

"눈빛을 보면 그 사람의 마음을 읽을 수 있다고 하지. 그래서 눈을 마음의 창이라고 부르는 것이기도 하고. 그 아이의 눈빛을 봤나?"

"예, 봤습니다."

"어떠하던가?"

"투명하고 맑더군요."

"그것밖에 보질 못했나?"

김 차장이 곰곰이 생각에 잠겼다.

그밖에 자신이 놓친 무언가가 더 있던가.

잠자코 있는 김 차장을 보며 정용후가 입을 열었다.

"그 아이의 눈빛 안에는 열기가 숨겨져 있었네. 그리고 대개 그런 열기를 가진 사람은 반드시 성공하곤 하지. 자신의 목표를 위해 끊임없이 움직이기 때문이야. 그 아이 눈에는 그 타오르는 불꽃이 선명하게 빛나고 있었다네. 그래서 내가 그 아이를 중요하게 여기는 것이고."

"그렇군요. 그러나 순순히 헤어지려고 하겠습니까? 들어보니 그 사이가 무척 돈독한 듯했습니다."

"남녀 사이라는 게 돈독하다고 해서 잘 풀리는 건 아니지. 언제나 예외적인 일은 생기기 마련인 것이고. 뭐, 정 하늘의 뜻이 그게 아니라면 어쩔 수 없는 일인 것. 그때는 그때 가서 생각해 볼 일이겠지."

그러나 김 차장은 확신할 수 있었다.

말은 저렇게 하지만 실제 생각은 그게 아니라는 것을 말이다.

이십 년 넘게 모셨다 보니 어느 정도 마음을 읽는 것이 가능했다.

'잘 풀릴 겁니다.'

정용후 회장과 만남을 가진 뒤 건형은 우선 집으로 돌아왔다.

그는 원래 살고 있던 오피스텔을 다시 내놓고 회사와 대학교 양쪽 모두 이동이 원활한 곳 주변의 단독주택을 두 채 구입했다.

그것은 지현 때문이었다.

자신의 잠재적인 적은 어쨌든 일루미나티다.

그런 상황에서 일루미나티가 건형을 노린다면?

제일 먼저 약점을 공략할 테고 그 약점은 부모님과 여동생 그리고 지현이 될 것이다.

그렇다 보니 건형은 일부러 나란히 붙어 있는 단독 주택 두 채를 구한 다음 한 곳을 지현이 살 집으로 마련한 것이었다.

여기서 건형은 두 그룹의 동의를 얻어야 할 필요가 있었다.

첫째는 회사였다.

원래 건형은 동거를 생각했었다.

그러나 레브 엔터테인먼트의 정 사장은 그것을 격렬하게 반대했다.

가뜩이나 열애설 때문에 플뢰르의 팬층이 얇아졌는데 거

기에 동거설까지 터지면 우리나라의 사회 풍조상 좋지 않게 볼 게 분명했다.

결국 건형도 한 발자국 물러설 수밖에 없었다.

그래서 선택한 게 단독주택을 두 채 구입한 것이었다.

하나는 자신이 머무르고 하나는 지현에게 머무르라고 할 생각이었다.

두 번째는 플뢰르였다. 같이 숙소 생활을 하고 있는데 지현이 나간다고 하면 그녀들도 상실감을 느낄 수 있는 문제였으니까.

그러나 오히려 그녀들은 쌍수를 들고 환영했다.

아침에 일어나면 화장실에서 씻고 화장도 해야 하는데 그녀들이 머무르고 있는 오피스텔에는 화장실이 두 개밖에 없다 보니 넷이서 나눠 쓰기가 영 힘들다고 불만을 토로한 것이다.

하지만 건형은 알 수 있었다. 그녀들이 자신과 지현을 배려해서 그렇게 말했다는 것을.

새삼 그녀들의 배려가 고마운 건형이었다.

"찬성! 대찬성!"

"저도요!"

지현은 그 날 여러 차례 주먹을 말아 쥘 수밖에 없었다.

건형 앞이기에 차마 티를 내진 못했지만.

그리고 건형은 지현과 함께 그녀 부모님을 찾아뵈었다.

지현 아버지는 중소기업에 재직 중인 직장인이었고 어머니는 평범한 가정주부였다.

지현이 스타플러스 엔터테인먼트를 나왔다고 했을 때만 해도 근심이 가득하던 그녀 부모님은 레브 엔터테인먼트에 들어간 후 지현이 연달아 히트곡을 내놓으며 일약 정상에 서게 되자 그 후로는 그나마 근심을 던 상태였다.

그때 지현과 함께 부모님을 찾은 건형은 결혼까지 생각하고 있다고 밝힌 다음 교제해도 좋다고 확실히 허락을 받아 뒀다.

지현 부모님 입장에서 건형은 퀴즈의 신이라고 불릴 만큼 머리가 명석할 뿐 아니라 마음 씀씀이도 좋은 사람이었다.

게다가 스타플러스 엔터테인먼트에서 레브 엔터테인먼트로 옮기는 것을 도와줬고 그녀가 이렇게 성공할 수 있는데 여러모로 도움을 줬다는 말을 듣고 난 후에는 확실히 마음을 정한 듯 언제 결혼할 것이냐고 물어보기까지 했었다.

그 덕분에 건형은 지현과의 교제를 순조롭게 이어 나갈 수 있게 됐다.

한 가지 타박을 받은 게 있다면 기자회견 전에 미리 알리지 못한 것 정도였다.

모든 이사가 마무리된 다음날. 건형은 자신의 집에 들르기 전에 지현에게 내어 준 오른쪽 단독주택으로 향했다.

초인종을 누르고 얼마 되지 않아 지현이 총총걸음으로 마중 나왔다.

"미안해. 너무 늦었어."

"괜찮아요. 무슨 일이 있었어요?"

"사실은 말이야……."

건형은 지현에게 오늘 있었던 일들에 대해서 이야기하기 시작했다. 물론 엔젤돌스 숙소를 지키던 사내들과 싸웠던 이야기는 하지 않았지만.

오전 중에는 엔젤돌스 숙소를 찾아갔고 오후쯤 태원 그룹의 회장 정용후를 만난 일. 그리고 저녁을 같이 먹으며 리폼 코리아 프로젝트에 대해서 이야기를 했던 것 등.

정말 여러 가지 일이 순식간에 터져 나온 상황.

그 모든 것을 하루 만에 해결한 셈이었다.

당연히 몸이 열 개라도 부족할 수밖에 없었고 그렇다 보니 집에 돌아온 지금 녹초가 되어 있었다.

"그런 일이 있었어요?"

"응. 그래도 잘 해결된 거 같아. 아! 아마 엔젤돌스는 다음 달쯤 다시 활동을 시작할 거 같아."

"다행이네요. 진짜 너무 안 좋은 사람들이 많은 거 같아요."

지현도 한 번 겪어 볼 뻔했다. 박광호 실장한테 말이다.

건형이 그녀를 구해냈기에 망정이지 안 그랬다면?

무슨 일이 생겼을지 알 수 없다.

"그보다 그 정 회장님이 뭐라고 하셨다고요?"

"리폼 코리아 프로젝트라고 그것을 맡아 줄 수 없냐고 물어보셨어."

"리폼 코리아 프로젝트…… 오빠는 어떻게 하시려고요?"

"글쎄. 모르겠어. 아직 고민 중이야. 대학교도 마무리 지어야 하고 이래저래 바쁜 일투성이잖아. 레브 엔터테인먼트 일도 있고."

"그거야 그렇죠. 음, 그런데 한 가지 궁금한 게 있어요."

건형이 의아한 얼굴로 그녀를 쳐다봤다.

"응? 뭔데?"

"아까 정 회장님 자택에 갔을 때 병간호하고 있던 분이 있다고 했잖아요."

"응, 정 회장님 손녀 같더라고."

"그래요?"

"응. 그런데 그건 왜?"

"아뇨. 그냥 궁금해서요."

건형은 고개를 끄덕여 보였다.

그러나 그것과 별개로 지현의 표정은 썩 좋아 보이지 않았다.

무언가 고민거리가 있는 듯했다.

"무슨 고민거리 있어?"

건형도 그것은 용케 읽어 냈다.

그러나 지현은 고개를 설레설레 저어 보였다.

"그러면 나 이만 가볼게. 무슨 일 있으면 오고."

"알았어요. 있다가 놀러 갈게요."

건형이 돌아가고 홀로 거실에 남은 지현이 눈살을 찌푸렸다.

"진짜 눈치가 없어도 너무 눈치가 없어. 공부머리는 타고 났으면서 이쪽 머리는 아예 젬병이야."

그동안 참고 참았지만 도저히 참을 수 없는 부분도 있었다.

그중 하나가 바로 이 눈치에 관한 것이었다.

지현으로서는 불만이 쌓일 수밖에 없었다.

연애 경험 0회의 지현이지만 그녀에게는 여자로서의 감이 있다.

그리고 유독 건형 주변에 여자가 잘 꼬인다는 것도 확실히 알고 있었다.

그리고 그게 결정적으로 폭발하게 된 게 바로 대기실에서 혜미가 건형에게 접근하면서부터였다.

올해 딱 스무 살이 된 지현의 동갑내기.

걸그룹 슈퍼스타의 막내로 한창 화려한 스포트라이트를 받고 있는 드림 엔터테인먼트의 야심작이다.

그날 혜미가 건형에게 들이대면서부터 상황이 영 여의치 않게 돌아가기 시작했다.

특히 스캔들이 나도 상관없다는 말에 얼마나 가슴을 졸였던가.

그런데 정작 무감각한 건형은 아랑곳하지 않고 있었다.

그게 더 속이 답답하고 짜증이 나는 건 어쩔 수 없는 일이었다.

게다가 이번에는 정용후 회장을 만나고 왔단다. 그리고 정용후 회장의 손녀딸과 만났다는데 지현이 볼 때에는 그것에도 노림수가 있는 건 아닌가 하는 생각이 들고 있었다.

'충분히 가능한 일이야.'

지현은 가능성이 있는 일이라고 생각했다.

손녀가 병 수발을 드는 건 문제 될 게 없다.

문제는 건형과 만나게 했다는 점이다.

'그런데 아무 일도 아니라는 듯 저러고 있으니 내 속만 타지. 으휴.'

지현은 툴툴거리며 입을 삐죽 내밀었다.

아무리 생각해 봐도 이해할 수가 없었다.

솔직히 말해서 여자친구 입장에서는 화날 수밖에 없는 행동이었다.

건형이 중간에서 커트를 제대로 했으면 이렇게 마음고생할 일도 없었을 테니까.

그러나 괜히 이야기했다가 속 좁다는 이야기를 들을까 봐 차마 말도 하지 못하고 있었다.

결국 지현은 옷을 대충 챙겨 입고 바로 옆집으로 부리나케 달려갔다.

건형은 문을 쿵쿵 두드리는 지현을 보며 놀란 얼굴로 물었다.

"무슨 일 있어?"

"그 회장님이 다른 생각하는 건 아니겠죠?"

지현이 말하는 그 회장님이 누군가 생각하던 건형은 그것이 태원 그룹 정 회장임을 눈치챘다.

"응? 다른 생각? 그게 무슨 말이야?"

조심스럽게 지현이 입을 열었다.

"회장님이 자기 손녀 오빠한테 소개시켜 주려는 거 아니에요?"

"그럴 리가 없잖아. 말도 안 돼."

건형이 강하게 부정했다.

말이 안 되는 이야기였다.

오늘 저택에서 만날 것이라고 생각조차 못했을 텐데 정용후 회장이 그것을 그렇게 계산해서 짜냈을 리가 없었다.

"……그래도 영 찜찜해요. 게다가 지난번 혜미 일도 있고. 혜미가 요새도 연락해요?"

"아, 그게……."

건형이 머리를 긁적였다. 그날 우연히 알게 된 혜미는 계속해서 문자를 보내오고 있었다. 그리고 틈틈이 전화를 걸기도 했는데 건형 입장에서는 상당히 부담 가는 일이었다.

그렇다고 해서 그냥 매몰차게 거절하자니 그럴 수도 없었다. 그녀는 순수한 팬으로서 좋아하기 때문에 연락하는 거라고 하는데 괜히 섣부르게 나서 봤자 괜히 설레발을 치는 것처럼 여겨질까 봐서였다.

그렇다 보니 이도 저도 아닌 상황에서 건형은 그녀를 그냥 여동생 정도로 여기고 있었다.

물론 그것도 지현이 들으면 당연히 크게 화낼 일이었지만.

"휴, 진짜 어떻게 할 거예요? 혜미도 그렇고 그 회장님 손녀도 그렇고. 오빠가 단호하게 처리할 필요가 있다고요!"

"그게 그렇게 걱정이 돼?"

"그야…… 당연히 걱정될 수밖에 없잖아요! 저는 질투 안 하는 줄 알아요!"

"나도 너 질투하는데? 너 기획사나 방송국에서 남자 아이돌이 대쉬 많이 한다던데? 개중에서는 잘 나가는 배우들도 있다며."

건형도 알게 모르게 듣는 내용들이 있었다.

특히 지현이 확 뜨고 나서부터였을까.

최고의 인기를 구가하고 있는 남자 아이돌이나 배우들이 지현에게 은근슬쩍 찝쩍이고 있었다.

지현이 사귀고 있는 남자친구가 있다고 밝혔는데도 불구

하고 그들이 그렇게 들이대는 건 골키퍼 있다고 골 안 들어 가겠냐는 마음가짐 때문이었다.

그러나 그때마다 지현은 번번이 그런 것들을 단칼에 거절하곤 했다.

그것 때문에 싸가지 없다는 이야기까지 들었을 정도였다.

그런 속사정을 건형도 알고 있다는 이야기에 지현이 얼굴을 붉혔다.

"저는 전부 다 거절했다고요!"

"아, 알고 있어. 이야기 다 들었거든. 그런데 여태까지 내가 너한테 그것에 관해 일절 이야기 안 한 건 너를 믿어서잖아."

믿음.

연인끼리 가장 중요한 것이 바로 이 믿음이다.

믿음이 강한 연인은 쉽게 흔들리지 않는다. 외부에서 어떤 잡음이 일어나도 굴복하지 않고 이겨 낸다.

그러나 믿음이 약하면 약간의 잡음에도 흔들거린다. 마치 태풍을 만난 작은 돛단배처럼.

그리고 그 믿음을 시험하는 게 바로 주변 사람들이다.

어중간하게 친한 사람들은 칭찬을 하는 척하며 교묘하게

흠집을 잡는다. 그리고 주변 상황과 비교를 하며 그 사람의 단점만을 유독 부각시킨다.

거리가 소원한 사람은 대 놓고 방해를 하고 수작질을 부린다.

그렇기 때문에 사람을 사귀는 것이 중요하다.

누구를 만나느냐에 따라 연애 전선이 맑을 수 있고 번개 폭풍이 떨어질 수 있기 때문이다.

"알아요. 그래도 걱정되니 그런 거죠."

지현은 건형을 믿는다. 근처에 가장 가깝게 지내는 플뢰르 멤버들도 건형이라면 만사 오케이다. 특히 낯을 가리던 막내 수현이 지난번에 한 번 같이 따로 대화를 나누더니 건형의 빠순이가 됐다.

여기서 빠순이는 나쁜 의미의 빠순이가 아닌, 일종의 광신도 비슷한 느낌으로 변해 버렸다는 것이다.

도대체 무슨 일을 저지른 것인지 모르겠지만 건형에게는 주변 사람을 끌어당기는 마력이 있었다.

"미안해. 앞으로는 조금 더 조심할게."

"그런데…… 혹시 오빠 피부과 갔다 왔어요?"

지현이 의아한 얼굴로 건형을 보며 물었다.

건형이 고개를 설레설레 저었다.

"아니, 웬 피부과?"

"오빠 피부가 되게 좋아졌어요. 그거 알아요? 이 정도면…… 완전 아기 피부 같아요."

지현이 눈을 휘둥그레 뜨며 건형의 뺨과 팔뚝 등을 콕콕 찍었다.

그러고 보니 엔젤돌스 숙소로 갔다가 그곳에서 경호원들을 상대하며 겪었던 일이 있었다.

건형은 조심스럽게 내면을 관조해 봤다.

심장 부근에 자리 잡고 있던 푸른색 기운은 이전보다 더욱더 커져 있었고 그 기운은 이전과 다르게 온몸에 가득 퍼져 있었다.

마치 이 녀석 스스로 덩치를 불린 다음 영역을 확장한 것 같은 느낌이었다.

심상치 않았다.

건형의 낯빛이 바뀌자 지현도 무슨 문제가 생겼다는 것을 파악한 듯 걱정스러운 얼굴로 물었다.

"무슨 일 있는 거예요?"

"아, 아니야. 괜찮아."

"저 잠깐 올라가 있을게요."

눈치 빠른 지현이다. 건형이 말 못 할 사정이 있다는 것을 안 그녀가 위층으로 올라갔다.

지현도 믿을 만한 사람이다.

그의 완전기억능력에 대해 현재 아는 건 일루마나티를 제외하면 지혁이 유일하다.

지현에게도 털어놓고 싶지만 건형은 차마 그렇게 하지 못하고 있었다. 혹시 자신이 이 사실을 털어놓음으로 인해 지현에게 무슨 안 좋은 영향을 미칠까 봐 우려됐기 때문이다.

지현이 올라가고 난 뒤 건형은 천천히 심장 부근에 자리 잡고 있는 푸른색 기운을 어루만져 봤다. 그러자 그것이 조금씩 건형에게 반응하기 시작했다.

건형은 그것을 아이 다루듯 어루만지며 천천히 끄집어냈다.

처음에는 격렬하게 반항하던 그것이 이윽고 건형의 손짓에 순조롭게 대응하기 시작했다. 그리고 그 순간 건형은 알싸한 청량감 같은 것을 느낄 수 있었다.

'도대체 이 느낌이 뭐지?'

건형이 심호흡을 거듭 했다. 그러면서 동시에 심장에 맺힌 그 기운도 천천히 온몸으로 퍼지기 시작했다.

그리고 그 기운이 확 퍼지는 순간 건형은 이루 말할 수 없는 엄청난 힘이 온몸에 자리 잡는 것을 느꼈다. 기존과는 비교도 할 수 없는 강력한 힘.

지금 당장 이 힘을 한 번 써먹어 보고 싶었다.

그러나 건형은 일단 그 기운을 억눌렀다.

어떤 부작용이 있을지 알 수 없는 일이었다.

'아무래도 내일 지혁 형한테 가 봐야겠네.'

지혁 형하고 만나서 이것에 대해 이야기를 나눠 봐야 할 것 같았다.

결정을 내린 뒤 건형은 위층으로 올라갔다.

지현은 책상에 앉아 부지런히 무언가를 써 내려가고 있었다.

건형이 슬쩍 다가가서 지현에게 물었다.

"지금 뭐하는 거야?"

"아, 오빠. 작곡 공부하고 있어요."

"작곡? 작곡도 하게?"

"네. 작곡, 작사 둘 다 하려고요. 제가 부르고 싶은 노래를 불러보고 싶거든요."

건형이 입가에 미소를 그렸다.

"좋네. 너는 분명히 좋은 노래를 쓸 수 있을 거야."

"나중에 오빠가 도와줄 거죠?"

"아, 당연하지. 언제든지 말만 해. 바로 도와줄 테니까."

"이제 슬슬 잘 거예요? 벌써 열한 시가 넘었네요."

"그래야지. 내일 기획사로 가야 돼?"

"음, 내일 지방에 행사가 하나 잡혀 있다고 들었어요. 거기 갔다 오려고요."

"조심해서 갔다 와."

"……오빠도요."

뭐라 말을 하려던 지현은 그것으로 이야기를 마무리 지었다.

'위험한 일 절대 하지 좀 말고요.'

속내는 이렇게 말하고 싶었지만 그렇다고 말해도 건형이 듣지 않을 거라는 것을 알고 있기 때문에 일부러 말을 꺼내지 않은 것이었다.

지현을 집까지 데려다 주고 돌아온 건형은 침대에 누웠다.

그러나 계속해서 지현이 마음에 걸렸다.

'언젠간 이야기해야겠지.'

그녀한테 언젠가 한번 이야기를 털어놔야 할 날이 올 것이었다.

되도록 그날이 찾아오지 않길 바라지만 어쩔 수 없는 일이었다.

　이튿날 지현은 새벽 일찍 행사 때문에 지방으로 향했다.

　담당 매니저가 먼저 지현을 태워서 갔다.

　한편 건형은 그보다 한 시간 정도 뒤에야 잠에서 깨서 일어났다.

　그런데 무언가 몸이 바뀌어 있었다.

　잠자는 사이 키가 몇 미터나 더 커진 것 같았다.

　그리고 체형도 바뀌었다. 적당히 마른 체격이었는데 온몸에 근육이 가득 붙었다. 군살 하나 없이 탄탄한 근육질이 되어 버린 것이다.

　게다가 골격도 뒤바뀌었다. 군대를 갔다 오고 생긴 허리 통증이나 무릎 통증 같은 것이 싹 다 사라졌다.

　그러나 기분이 좋다기보다는 불안감이 더 컸다.

　갑자기 원인 모를 증상이 발생했다는 것은 무언가 변수가 발생했다는 것이고 그것을 찾아내기 전까지는 위험요소가 충분히 있다는 의미였으니까.

　건형은 지혁에게 전화를 걸었다.

　마침 지혁도 깨어 있는 듯 바로 전화를 받았다.

　"형, 지금 시간 돼요?"

[응? 나야 언제든 시간 되지.]

"그럼 지금 바로 찾아가도 돼요?"

[무슨 급한 일 있어?]

"네, 급한 일이요. 곧 출발할게요."

[알았다.]

전화를 끊은 뒤 건형은 옷을 챙겨입고 지혁 집으로 출발하려 했다.

그때 식탁에 잘 차려져 있는 밥상이 눈에 들어왔다.

아마도 지현이 새벽에 지방 행사를 위해 떠나기 전 건형 집에 들러서 차려 두고 간 것 같았다.

얼마나 정성을 기울였는지 세심하게 이런저런 준비가 다 되어 있었다.

그것을 그냥 지나칠 수도 없는 노릇이었다.

건형은 자리에 앉아 묵묵히 아침을 먹기 시작했다.

새벽 일찍 나가야 하는데도 불구하고 이렇게 챙겨 두고 간 그 마음 씀씀이를 생각하니 순간 가슴이 찡했다.

그렇게 아침을 챙겨 먹고 난 뒤에야 건형은 스포츠카에 올라탔다. 그리고 지혁이 새로 마련한 거점으로 향했다.

오늘 그와 나눌 이야기가 많이 쌓여 있었다.

Chapter. 06

원래 지혁이 살고 있던 별장은 성남 근처에 자리 잡고 있었다.

그러나 그 별장의 위치가 이미 발각됐기 때문에 지혁은 위치를 옮겼는데 이번에 옮긴 곳은 과천 부근이었다.

건형 입장에서는 거리가 조금 짧아졌다고 볼 수 있었다.

그가 머무르고 있는 신촌 인근이었으니 말이다.

어쨌든 스포츠카를 타고 순식간에 건형은 지혁 집 앞에 도착했다.

서울 근교에 위치해 있는 지혁 집은 커다란 단독주택으

로 엄청난 넓이의 마당이 딸려 있었다.

건형이 도착하고 얼마 지나지 않아 지혁이 손수 마중 나왔다.

그런데 건형을 보는 지혁의 눈빛이 이상했다.

"왜 그런 눈으로 봐요?"

"너 뭐했냐?"

"네?"

"……키가 컸잖아. 그리고 몸도 좋아졌고. 지현이가 무슨 약 먹이냐?"

"그런 거 아니에요. 그런데 그 문제 때문에 온 게 맞아요."

"무슨 말이야?"

"몸에 변화가 있어요. 형이 조금 알아봐 줬으면 해요."

"내가 알아봐 줬으면 한다고?"

"네. 누구 아는 의사 없어요? 몸이 이상해요."

"……일단 안으로 들어가서 이야기하자."

건형은 집 안으로 들어왔다.

요새 유행한다는 깔끔한 스칸디나비아풍의 거실이 제일 먼저 눈에 들어왔다.

집 안은 깔끔했다. 그냥 딱 필요한 것만 갖춰 두고 있는 듯했다.

그러나 지혁에게 집의 물건은 뭐가 됐든 썩 중요한 것들이 아니었다.

오히려 필요한 물건들은 집의 비밀스러운 공간에 마련되어 있었다.

두 사람은 문을 닫고 난 다음 지하창고로 내려갔다.

복잡한 비밀번호를 누르고 두꺼운 강철 문을 밀어젖힌 뒤에야 안으로 들어갈 수 있었다.

그 안에는 컴퓨터 여러 대와 각종 전자 장비들이 즐비했다.

"여기 정도면 도청 같은 것은 절대 안 될 테니까 여기서 이야기하자. 중요한 이야기인 거 같으니까."

"사실 무슨 일이 있었냐면……."

엔젤돌스 숙소를 찾아간 것부터 머리를 얻어맞은 뒤 잠시 기절했던 일, 그리고 그 후 심장 주변에 자리 잡고 있던 푸른색 기운이 온몸에 퍼졌던 것. 또 이튿날 일어나 보니 신체적으로 커다란 변화가 있었던 것까지 모든 것을 이야기했다.

"흠, 신기한 일이네. 이건 무협 소설에서 나오는 무슨 환골탈태 같은 것을 겪은 거 같단 말이야. 그 껍질 같은 것도 나왔다고 했지?"

"네, 여기요."

건형은 들고 온 가방에서 봉투 하나를 꺼냈다.

그 안에는 하얀색 가루 같은 것이 수북이 쌓여 있었다.

"이게 그 껍질 같은 것이었단 말이지?"

"예. 잘 보관해 뒀는데 이렇게 변했더라고요."

"일단 이것은 성분 조사를 해 볼게. 만약 이게 네 피부가 맞다면 그런 성분을 띨 테니까. 그리고 신체적으로 무언가 월등해졌다고 했지? 한번 알아보자."

"어떻게요?"

"일단 지구력부터 확인해 볼까? 아니면 단거리 속도?"

지혁이 사악하게 미소를 그렸다.

그 모습을 보며 건형이 입술을 깨물었다.

슬슬 몸도 좋아졌겠다. 본격적으로 자신을 또 부려먹으려는 수작 같아 보였다.

그 후 건형은 지혁의 참관 아래 각종 테스트를 받았다.

근력, 체력, 지구력 등 각종 검사가 이어졌다.

얼마나 대궐 같은 집을 산 것인지 모르겠지만 각종 테스트 장비들이 잘 갖춰져 있었다.

새삼스럽게 그의 재력이 궁금해지는 순간이었다.

어쨌든 모든 테스트가 끝나고 난 뒤 지혁이 혀를 내둘렀다.

"이게 제대로 나온 수치인지 모르겠다."

"무슨 일인데요?"

"너 몸 상태가 완전 꽝인데? 이 정도면 오늘내일하는 상태인데."

"네? 그게 정말이에요?"

"농담이야. 임마. 완벽하다. 완벽해. 이 정도면 올림픽 나가도 문제없겠어. 세계신기록은 그냥 다 갈아 치울 거 같다."

실제로 건형이 백 미터 달리기를 했을 때 기록한 속도가 8.2초였다. 그것도 제대로 힘을 다해서 뛴 것도 아니었다.

그런데 현재 세계신기록 소유자인 우사인 볼트가 백 미터 달리기를 해서 기록한 속도가 9초 58인 걸 감안해 보면 그야말로 무지막지한 속도였다.

그뿐만이 아니었다.

근력이나 지구력 모두 다 완벽한 수준이었다.

그야말로 인간을 넘어선 수준.

초인이라고 불러도 무방했다.

"게다가 아까 그거 분석한 거 결과 나왔다. 네 피부 맞아. 그런데 지금 네 신체 조직과는 구성이 다르게 되어 있어."

"그게 무슨 말이에요?"

"네 신체 표면 위에 벌집 모형의 무슨 얇은 막 같은 게 씌워져 있더라고. 그렇다 보니까 주삿바늘도 제대로 안 들어간 거 같아."

지혁은 피 검사를 하려고 건형의 팔뚝에 주삿바늘을 꽂으려 했었다.

그런데 그럴 때마다 주삿바늘은 피부를 뚫지 못하고 바로 구부러지곤 했었다.

하는 수없이 건형이 직접 핏방울을 내서 혈액검사를 하고 피부 조직도 같이 검사해 봤는데 그때 알아낸 것이 있었다.

바로 피부조직을 미세하게 뒤덮고 있는 얇은 막이 하나 있다는 것이었다. 그리고 그 피부막은 벌집 형태로 이루어져 있었다.

최신 연구 결과 벌집 형태의 구조가 가장 이상적인 구조라는 게 밝혀진 적이 있는데 아마도 이 피부 위에 덧씌워진 막이 그런 구조를 하고 있는 건 결코 우연이 아닐 터였다.

"이거 어느 정도나 막아 낼 수 있어요?"

"웬만해서는 이 막을 뚫어 내는 게 어려울 거 같은데? 검으로 휘둘러도 쉽게 베어내지 못할 듯해."

"흐음."

건형은 자신의 피부 위에 살짝 코팅된 듯한 막을 만져봤다.

색다른 느낌이 드는 건 아니었다.

여전히 살결은 반들반들했다.

그런데 이 위에 얇은 막이 덧씌워져 있다고 생각하니 기분이 묘했다.

"어쨌든 일단 이건 다른 곳에 밝히지 말고. 그리고 너 신체조직도 검사해 봤는데 장난이 아니야. 진짜 이 정도면 인간의 범주를 넘어섰다고 봐야 돼."

"제가 인간이 아니게 되고 있는 건가요?"

"글쎄. 인간의 정의가 무엇일까? 거기에서 일단 시작해야 하지 않을려나. 그리고 내가 볼 때 너는 인간이 맞아. 그런 것을 굳이 걱정할 필요는 없을 거 같아."

"휴, 가끔 정말 제 자신이 무서워질 때가 있어요."

"나는 네가 완전기억능력을 점점 더 찾아가고 있다고 생각해. 그 머리를 맞은 것 때문에 이런 게 생긴 것도 그중 하나일 테고. 지금 완전기억능력으로 각성하게 된 것인지 아닌지는 모르겠지만 그래도 나쁘지 않은 결과잖아."

"그건 그렇지만요."

"뭐 나중에 네가 괴물로 변하는 것도 아닌데 사서 걱정하지 말고. 그보다 위험한 일은 상대적으로 줄어들게 돼서 다행이야. 네 여자친구가 알아봐라. 널 얼마나 걱정하겠냐."

그 말에 지현이 생각이 났다.

오늘도 이렇게 고생해서 아침을 정성껏 해 주고 갔는데 지금 어디서 무엇을 하고 있을지 궁금했다.

보고 싶었다.

"형, 잠시만요. 저 전화 좀 할게요."

"어. 그렇게 해. 나는 이것 좀 마저 보고 있을게."

건형은 다시 올라와서 지현에게 전화를 걸었다.

굵은 남자 목소리가 들렸다.

[여보세요?]

"누구시죠?"

[아, 박 이사님이신가요? 저 김정호입니다.]

김정호라면 플뢰르와 지현의 전담 매니저였다.

올해 서른셋에 성실하고 예의 바른 유부남으로 레브 엔

터테인먼트 창업 시절부터 함께 해 온 베테랑이기도 했다.

"아, 매니저님. 지현이 옆에 없나요?"

[지금 무대에 있어요. 이번 무대 끝나면 또 광주로 가야 해서요. 무척 바빠요. 급한 일이시면 공연 끝나자마자 연락하라고 말해 둘게요.]

"음, 광주로는 몇 시쯤 가시죠?"

[가만히 있어 보자. 광주 공연이 오후 여섯 시쯤 있네요. 아마 그 전에는 도착해야 하지 않을까 싶습니다.]

"무슨 공연이길래 오후 여섯 시에 있는 거죠?"

[무슨 선배 콘서트에 초청되어서요. 잠깐 게스트로 출연하는 겁니다.]

그러고 보니 지난번 스케줄 표에서 얼핏 본 기억이 났다.

"수고가 많으시네요. 제가 광주로 내려가겠습니다. 그때 잠깐 얼굴 좀 뵐 수 있을까요?"

[김 이사님이 직접 내려오시려고요?]

"예, 그렇습니다. 지현이 얼굴도 좀 보고 싶고요."

[하하, 한창 좋을 시기죠. 지현이가 바빠서 그게 좀 아쉽네요. 그러면 지현이한테도 말해 둘까요?]

"아뇨. 깜짝 파티로 몰래 가는 게 더 낫겠네요. 광주 어디로 가면 될까요?"

[광주문화예술회관 대극장 쪽으로 오시면 될 거 같습니다.]

"그러면 있다 뵙겠습니다."

광주까지 대략 네 시간 정도 소요된다고 생각해 보면 오후 두 시쯤 출발해야 했다.

아침부터 지혁을 찾았다가 세 시간 넘게 이것저것 테스트를 받다 보니 벌써 시간은 오후 한 시를 향해 가고 있었다.

"형, 저 광주 가 봐야 하는데 점심 같이 근방에서 먹죠."

"광주는 갑자기 왜?"

"지현이가 지방 행사 일정 때문에 내려가 있거든요. 있다가 오후 여섯 시에 광주 문화예술회관 대극장에서 무슨 선배 콘서트를 도와준다고 하더라고요."

"아, 누군지 알겠네. 나도 같이 갈까?"

"형도요?"

"밥은 그냥 고속도로 타고 내려가다가 휴게소에 들러서 먹으면 되잖아. 오랜만에 노래나 듣지 뭐."

"오케이. 그렇게 하죠. 그러면 지금 짐 챙겨요. 저도 씻고 올게요."

세 시간 정도 테스트를 받은 것 때문에 온몸은 땀에 절어 있는 상태였다.

건형은 씻고 나온 다음 지혁과 함께 P사의 스포츠카를 몰고 빠르게 고속도로를 타고 내려가기 시작했다.

지현을 만나기 위해서였다.

광주에 도착한 건 오후가 지나 저녁이 되어 갈 무렵이었다.

광주 문화예술회관 대극장은 이미 사람들로 인산인해를 이루고 있었다.

오랜 시간 명품 발라드로 사랑받아 온 남자 가수가 콘서트를 열었기 때문이었다.

그때 건형이 스포츠카를 타고 문화예술회관 앞에 도착하자 사람들의 시선이 그쪽으로 쏠렸다.

웅성거림이 심해졌다.

그 시선에 건형이 얼굴을 붉혔다.

"괜히 여기 안까지 들어온 거 같네요."

"그냥 내려. 네가 뭐 죄 지은 것도 아니고."

한숨을 살짝 내쉰 뒤 건형이 먼저 차에서 내렸다. 그리고 지혁이 그 뒤를 따라 내려섰다.

건형이 모습을 드러내자 사람들의 웅성거림이 한층 더

커졌다.

"이지현 남자친구 맞지?"

"응, 맞을걸? 여기는 어쩐 일이지?"

"이번에 게스트로 이지현 나오는 거 아니야?"

"설마. 아까 오후만 해도 부산에 있었는데?"

"그럼 그냥 콘서트 보러 온 건가?"

사람들이 수군거리는 귓속말이 또렷하게 늘렸다.

너무 감각이 또렷해져도 때론 문제인 것 같았다.

건형은 그들을 뒤로한 채 대극장 안으로 들어섰다.

대극장에는 임시로 가수들 대기실이 마련되어 있었다.

건형은 그중에서 이지현 님이라고 되어 있는 문 앞에 섰다. 그리고 문을 열려고 할 때였다.

"박 이사님!"

누군가 그를 부르며 달려왔다.

고개를 돌려 보니 매니저 김정호였다.

"어디를 그렇게 갔다…… 군것질 사러 갔다 오셨군요."

"하하, 지현이가 배고프다고 그래서요. 방금 도착하신 건가요?"

"네. 막 문 열려고 하고 있었어요."

"그럼 같이 들어가시죠."

건형이 문을 열고 안으로 들어갔다.

그런데 방 안 분위기가 이상했다.

지현 옆에 한 남자가 가까이 붙어 있었다. 지현의 표정이 썩 좋아 보이질 않았다.

건형이 가까이 다가오자 지현이 얼굴을 붉혔다.

"누구시죠?"

건형이 그 남자를 쳐다보며 물었다.

왜 이 대기실에 남녀 둘이 있는 것인지 일단 그것이 궁금했다.

그가 멋쩍게 웃어 보이며 말했다.

"아, 김찬형입니다. 박건형 씨 맞으시죠?"

김찬형이면 여기 광주 문화예술회관 대극장에서 콘서트를 열기로 되어 있는 가수다. 2000년에 데뷔한 가수로 벌써 경력 16년차의 베테랑 발라드 가수이기도 하다.

그가 악수를 건넸다.

건형도 악수를 하며 지현을 살폈다. 그런데 지현의 표정이 영 찜찜해 보였다.

무슨 일이라도 있던 걸까?

"그러면 저는 먼저 나가 보겠습니다. 지현아, 있다가 보자."

자리를 떠나는 김찬형을 보던 건형이 입술을 깨물었다.

뭐랄까.

기분 더럽고 찝찝한 이 느낌?

"김 매니저님, 우리는 잠깐 나가 있읍시다."

김지혁이 김정호를 끌고 대기실을 빠져나갔다.

김정호도 눈치가 있었다. 고개를 끄덕이고 자리를 빠져
나갔다.

단둘이 남은 상황.

건형이 지현을 쳐다보며 물었다.

"무슨 일 있었어?"

"그게……."

지현이 말끝을 흐렸다.

말을 해도 되나 말을 하면 안 되나 망설이는 것이 눈에
들어왔다.

건형이 그런 지현을 보며 나지막한 목소리로 말했다.

"괜찮아. 무슨 말이든 해도 돼. 내가 너를 지켜줄 테니
까."

"후."

건형을 믿지 못하는 건 아니다. 그는 실제로 박광호 실장
때문에 룸살롱에 끌려가서 술접대를 할 뻔했을 때에도 자

신을 구해 준 적이 있었다.

그렇지만 여기는 CCTV가 설치되어 있는 것도 아니고 그렇다고 해서 녹음을 해 뒀던 것도 아니다.

순전히 둘이 있을 때 일어난 일종의 해프닝이다.

그것까지 건형이 해결해 줄 수 있을까?

괜히 걱정만 끼치는 게 아닐까.

그런 생각이 들었다.

한참 망설이던 지현이 조심스럽게 입을 열었다.

이야기는 간단했다.

가수 선배인 김찬형이 김정호가 잠시 자리를 비운 사이 대기실에 들어왔고 코디나 다른 사람들을 물린 다음 은근히 스킨십을 시도했다는 것이었다. 그리고 은근슬쩍 콘서트가 끝나고 술 한 잔 마시자고 꼬드기기까지 했다고 말했다. 아까 전 두 사람이 그렇게 가까이 있던 것도 김찬형이 억지로 들러붙은 것이었다.

김찬형이 선배다 보니 지현은 차마 어떻게 할 수도 없었다. 누가 근처에 있던 것도 아니었으니까.

건형이 입술을 깨물었다.

세상은 넓고 미친놈은 많다.

다크 나이트로 활동하며 권선징악을 이루려고 했지만 이

넓은 세상을 언제 다 밝은 세상으로 만들 수 있을지 감이 잡히질 않았다.

한두 명이 그러는 게 아니라 셀 수 없을 만큼 많은 사람들이 개판을 만들어 대고 있으니 말이다.

"기다리고 있어."

그들에게 법의 심판은 아무것도 아니다.

그냥 가벼운 솜방망이로 때리는 것에 불과하다.

그들에게 가장 큰 형벌은 무엇일까.

그들이 가장 소중히 여기는 것을 망가트리는 것이다.

"잠깐 기다리고 있어."

지현은 초청 가수로 콘서트가 시작하고 처음 한두 곡을 부른 다음 일정이 모두 끝나기로 되어 있다. 그 후 남든가 떠나든가는 개인 몫이지만 선배 가수의 무대다 보니 남는 게 일반적인 관례에 맞는 일이었다.

그러나 건형은 지현을 여기 남겨 둘 생각은 없었다.

그래도 팬들과의 만남인 데다가 게스트로 출연하는 것이 회사끼리의 약속이다 보니 그것은 지키게 할 생각이었지만 앙갚음도 확실히 해 둘 생각이었다.

건형은 김찬형 대기실로 향했다. 잠자코 밖에서 기다리던 지혁과 김정호 매니저가 건형에게 다가와서 물었다.

"무슨 일이야?"

"무슨 일 있었던 겁니까?"

"그건 나중에 이야기하기로 하고 김찬형 대기실이 어디죠?"

"저쪽입니다."

김정호 매니저가 복도 가장 끝쪽을 가리켰다.

건형이 고개를 끄덕인 후 그곳으로 향했다. 그에게서는 무시무시한 기세가 뿜어지고 있었다.

김정호 매니저가 그런 건형을 말리려고 했다.

"박 이사님⋯⋯."

그때 지혁이 김정호 매니저를 막아섰다.

"무슨 일이 있던 건지 모르지만 건형이가 생각 없이 이상한 짓을 저지를 녀석은 아닙니다. 일단 기다려 보시죠."

"그래도⋯⋯."

사람 눈이라는 게 있다.

괜히 김찬형 대기실에서 속된 말로 소란이라도 나면 피해는 고스란히 건형이 짊어질 수밖에 없다.

"괜찮을 겁니다. 무턱대고 이상할 짓 할 애가 아니에요. 저도 잠깐 자리 좀 비우겠습니다."

지혁은 밖으로 나왔다. 그리고 휴대폰을 열었다.

그의 휴대폰은 집에 있는 컴퓨터에 실시간으로 연동이 되어 있다. 휴대폰으로 컴퓨터를 사용하는 것도 가능하다.

그리고 지혁은 광주 문화예술회관의 모든 것을 조사하기 시작했다.

CCTV가 어디에 설치되어 있는지 그리고 각 방마다 CCTV가 달려 있는지.

그 모든 것을 꼼꼼하게 확인한 지혁은 각 방에는 CCTV가 설치되어 있지 않다는 걸 확인했다.

그러나 김찬형 방에는 매니저를 비롯한 여러 사람들이 있을 것이 분명했다.

행동에 제약이 생길 수밖에 없다는 이야기다.

하회탈 가면을 쓰고 자신의 신분을 감추지도 않은 상태.

그런 상황에서 그는 무엇을 하려고 하는 걸까.

부디 별다른 일이 일어나지 않기만을 바라야 할 것 같았다.

김찬형 대기실에 들어선 건형은 자신을 쳐다보는 수십여 쌍의 눈을 바라봤다.

김찬형을 비롯해서 매니저, 코디, 그밖에 여러 스태프들이 옹기종기 모여 있었다.

김찬형이 건형을 쳐다보며 물었다.

"무슨 일이시죠?"

"잠깐 이야기 좀 나눌 수 있을까요?"

"음, 콘서트가 얼마 안 남아서 조금 곤란하겠는데요."

"잠깐이면 됩니다."

"흠……."

잠깐 고민하던 김찬형이 고개를 끄덕였다.

"형, 잠깐만 나가 있어요. 우리 박건형 씨가 저한테 뭐 하고 싶은 말이 있으신가 봐요."

"알았어."

그들이 줄지어 나왔다.

그 뒤 김찬형이 입을 열었다.

"무슨 일인지 모르겠는데 왜 그러는 겁니까?"

"아까 전 대기실에서 무슨 일이 있던 거죠?"

"지현이가 뭐라고 했어요? 하하, 그냥 별일 아니었어요. 그냥 가요계 선배로서 지현이가 워낙 예쁘고 노래도 잘 부르니까 칭찬해 준 거 뿐이에요."

능글능글한 웃음으로 말하는 저 모습을 보니 구역질이 올라올 것 같았다.

건형은 차가운 눈빛으로 그를 노려봤다.

그 눈빛에 김찬형의 심장이 오그라들었다.

'무슨 사람 눈빛이 저래.'

김찬형이 몸을 바르르 떨었다.

그냥 치기 어린 머리만 좋은 이십 대로 생각했는데 그게 아니었다.

'빠, 빨리 매니저 형을…….'

그러나 말이 나오지 않았다.

누가 공기를 싹 빼낸 것처럼 숨을 내쉴 수가 없었다.

그 엄청난 압박감에 자신도 모르게 숨이 거칠어졌다.

그때 건형이 성큼성큼 걸어왔다. 그리고 그는 김찬형 앞에 섰다.

김찬형이 아등바등거리며 저항하려 했지만 손가락 한 마디 까딱할 수 없었다.

건형은 완전기억능력을 발현시켰다. 그리고 그 능력으로 김찬형의 오감을 마비시켰다.

이제 김찬형은 기억과 이지만 남아 있을 뿐 그 밖의 것은 온데간데없이 사라진 상태가 되었다.

잠깐 나가 있으라고 했지만 상황이 여의치 않다고 생각하면 그의 매니저를 비롯한 식구들이 들어올 것이 분명했다.

건형은 김찬형을 바라보며 생각에 잠겼다.

그가 가장 소중하게 생각하는 건 무엇일까?

하나뿐이다.

목소리.

십몇 년 넘게 이 바닥에 그가 굴러먹을 수 있던 건 바로 목소리 때문이다.

감미로운 미성에 여자들을 홀딱 빠지게 만드는 그 목소리.

그런 목소리를 잃어버리게 한다면?

그것만 한 상실감도 없을 것이다.

너무 지나친 게 아닐까 생각할 사람도 있을지 모른다.

그러나 그동안 이런 일을 수시로 당해 왔을 다른 사람들을 생각한다면?

오히려 이 정도에서 끝내는 게 약과다.

"네가 가장 소중하게 생각하는 걸 가져가 주지."

건형은 그의 머릿속에 손을 올렸다. 그 순간 푸른색 기운이 넘실거리다가 김찬형의 머릿속으로 빨려 들어갔다.

목소리는 성대의 떨림과 연관이 있다. 성대가 손상되면 목소리도 맛이 갈 수밖에 없다.

목숨을 빼앗을 생각은 없다.

그러나 감미로운 미성으로 사람들을 속인 그 대가는 치르게 될 것이다.

"커, 커억."

김찬형이 헛구역질을 하기 시작했다.

건형이 일으킨 푸른색 기운이 그대로 성대를 망가트렸다.

이제 다시는 그 미성으로 노래를 부를 수는 없게 될 것이다.

그 후 건형은 그의 기억 일부를 지웠다. 여기서 왼쪽 측두엽까지 건드리게 된다면 언어 장애까지도 나타날 수 있다.

그러나 그렇게까지 할 생각은 없었다.

너무 과한 벌도 때로는 문제가 될 수 있기 때문이다.

그렇게 기억 일부분을 깔끔하게 지운 뒤 건형은 그의 오감을 다시 회복시켰다.

잠시 어지러워하던 김찬형이 정신을 차렸다. 그리고 건형을 보더니 눈을 휘둥그레 뜨며 물었다.

"누구시죠?"

"박건형입니다. 지현이 남자친구이기도 하죠."

"아, 박건형 씨였군요. 오늘 지현이가 제 콘서트 손님으로 오긴 했…… 크, 크흠. 목소리가 왜 이러지. 저 죄송한데 조금 있다가 이야기를 나눠도 되겠습니까? 목 상태가 좋질 않아서."

"알겠습니다. 그러면 나중에 뵙죠."

"영수 형! 어디 갔어!"

문이 벌컥 열리고 아까 전 그 매니저가 안으로 부리나케 들어왔다.

"별일 없었지?"

끼리끼리 논다는 옛말이 있다.

장영수도 김찬형 매니저 일을 도맡아 하며 도덕적으로 문제 될 만한 일을 적지 않게 저질렀다.

그러나 김찬형이 워낙 이 바닥에서 적지 않은 인지도를 가지고 있다 보니 유야무야 무마되기 일쑤였다.

아까 전 지현이 대기실에 혼자 남게 만든 것도 바로 장영수가 한 짓이었다. 김정호가 먹을 것을 사러 편의점에 간 틈을 타서 코디하고 다른 스태프들을 빼돌린 게 바로 그였다.

생각 같아서는 그도 아작을 내고 싶었지만 보는 눈이 많았다.

그래서 건형은 밖으로 나가면서 그와 살짝 어깨를 부딪

쳤다. 그 접촉을 타고 푸른색 기운이 이번에는 장영수에게도 흘러들어 갔다.

김찬형에게는 목소리가 가장 소중한 것이다 보니 그것을 빼앗았지만 장영수에게 목소리는 크게 중요한 게 아닐 터.

그 대신 그에게는 아랫도리가 그 무엇보다 소중할 게 분명했다.

'이제 너는 발기부전이 될 거다.'

그에게 최고의 형벌은 바로 발기부전이 될 터였다.

콘서트 시작까지는 십여 분 남짓 남아 있었다.

이미 천칠백여 좌석은 관중들로 가득 차 있었다.

오늘 콘서트는 저녁 여섯 시부터 열 시까지 네 시간 동안 열리는 미니 콘서트였다.

그러나 김찬형이 초대한 게스트가 워낙 빵빵하다 보니 인기가 많았고 표를 판매한 지 불과 십여 분 만에 완판됐을 정도였다.

그만큼 기대감이 높다는 뜻.

만약 여기서 김찬형이 성공적으로 마무리만 짓게 된다면 그다음 열리는 전국 투어 콘서트도 입소문을 타면서 사람들이 몰려들 게 분명했다.

그만큼 김찬형한테는 이번 콘서트의 성과가 중요했다.

시간이 차츰 지나고 콘서트가 시작할 시간이 됐다.

그리고 김찬형이 무대 위에 올라왔다.

그런데 그의 표정이 좋지 못했다.

"안녕하세요, 여러분."

김찬형이 환하게 웃으며 입을 열었다.

무대에 가득 들어차 있는 관객들이 환호성을 내질렀다.

그런데 김찬형의 표정은 여전히 좋지 못했다.

마치 화장실에 갔다가 제대로 마무리를 하지 못하고 나온 사람인 것처럼 이상하게 비실비실대고 있었다.

"그러면 한번 놀아 볼까요? 오늘 여러분의 마음에 행복이 가득하길 바랍니다. 그전에 우리 게스트 분부터 만나볼게요. 제가 정말 좋아하고 아끼는 후배인데 곧장 달려와 줬더라고요. 여러분도 모두 다 좋아할 거라고 생각합니다."

김찬형이 어색한 얼굴로 소리쳤다.

"플뢰르의 리더 이지현 씨입니다! 다들 박수로 환영해 주세요!"

와아아아—

환호성이 쏟아졌다.

지현은 남자뿐만 아니라 여자에게도 인기가 많았다.

그녀의 노래가 워낙 사람들의 마음을 들었다 놨다 했기 때문이었다.

일각에서는 지현이 남성 팬보다 여성 팬이 더 많은 게 아니냐는 말까지 돌 정도였다.

열애설로 인해 플뢰르 시절 있었던 남자 팬들이 우수수 떨어져 나갔지만 그 대신 가창력과 가사 전달력, 호소력 등을 보고 빠져든 여성 팬들이 적지 않았기 때문이다.

무대에 올라선 지현은 천천히 자신의 노래를 부르기 시작했다.

가장 히트를 쳤던 꿈의 기억부터 시작해서 차트를 올킬했던 싱글 1집 앨범에 수록되어 있는 노래 중 두 곡을 연달아 불렀다.

그러는 사이 대극장이 열기로 후끈 달아올랐다.

"앵콜! 앵콜!"

한 남자가 외친 말에 앵콜이 이어졌다.

그 모습을 보며 김정호는 지현의 이름을 내걸고 단독콘서트를 열어도 되겠다는 생각을 했다. 그만큼 관중들의 반응은 뜨거웠다.

그러나 콘서트 열기가 뜨거우면 뜨거워질수록 초조해하는 사람이 있었다.

바로 김찬형이었다.

그는 안절부절못하며 발만 동동 구르고 있었다.

경력이 이십 년에 가까운 베테랑 가수가 보일 만한 모습은 아니었다.

"왜 저러는 거죠?"

"글쎄요."

김정호 질문에 지혁은 뜻 모를 미소만을 남겼다.

여하튼 지현의 무대가 성공적으로 마무리된 뒤 김찬형이 무대에 올라왔다.

이곳은 지현이 콘서트를 연 장소가 아니라 김찬형이 콘서트를 연 곳이었다.

지현에게 콘서트를 전적으로 맡길 수는 없었다.

김찬형이 직접 올라와서 노래를 불러야 했다.

지현이 무대에서 내려와 대기실로 가는 사이 김찬형이 마이크를 잡았다.

그리고 자신의 대표곡을 부르기 시작했다.

그때였다.

음이탈이 일어났다.

김찬형이 얼굴을 구겼다.

콘서트다 보니 모든 건 라이브로 진행되고 있었다.

음이탈, 발라드 가수에게는 그야말로 사형선고나 다름없다.

이후로도 김찬형은 계속 노래를 불렀지만 예전의 그 감미로운 미성은 온데간데없이 사라졌다.

그 대신 쇠를 긁는 것 같은 불협화음만이 이어지는 중이었다.

결국 김찬형이 콘서트를 중도에 때려 쳤다.

그는 다급히 콘서트 무대를 빠져나갔다.

관중들이 격하게 항의하기 시작했다.

말도 안 되는 일이었다.

콘서트를 연 가수가 콘서트를 중간에 때려 치고 도망치듯 나가 버리다니.

문화예술회관 대극장이 일대 소요에 휩싸였다.

환불 소동이 이어졌다.

그야말로 개판이었다.

김찬형에게 콘서트는 더 이상 중요하지 않았다.

그보다 중요한 건 자신의 목 상태였다.

발라드 가수에게 목은 생명이다.

한때 발라드의 황태자라고 불리며 우리나라 가요계의 정

상을 석권했던 한 가수가 있다.

그러나 소속사가 무리하게 그를 굴리기 시작하면서 목 상태가 급격하게 나빠졌고 급기야는 성대결절까지 오게 됐다.

그제야 어느 정도 관리를 받기 시작했지만 이미 한 번 맛이 가 버린 목은 되돌아오지 못했다.

결국 그는 예전 자신의 목소리를 영영 잃어버리고 말았다.

발라드 가수로서의 생명이 사실상 끝나 버린 셈이었다.

그 후 가요계에서 그의 이름이 다시 불린 일이 없었으니까.

김찬형에게 이번 일은 매우 심각한 것이었다.

만약 자신이 생각하고 있는 최악의 일이 일어났다면?

'그럴 일은 없겠지.'

그는 광주에서 가장 유명한 병원에 도착하자마자 이비인후과 진료를 예약했다. 그리고 곧장 검사가 들어갔다.

이미 그가 콘서트를 때려 치고 잠적했다는 건 사방에 파다하게 소문이 퍼져 있었다.

그러나 김찬형 입장에 지금 그것은 중요한 문제가 아니었다.

그보다 더 중요한 건 목 상태였다.

목이 좋아야 콘서트를 하고 전국 투어도 할 수 있는 것이었다.

검사가 이어지고 이비인후과 의사가 조심스러운 목소리로 입을 열었다.

"흠, 상태가 심각합니다."

"뭐라고요? 지금 뭐라고 하셨죠?"

"상태가 좋질 않습니다. 빨리 서울로 올라가서 수술을 받아 보셔야 할 거 같아요."

"그게 무슨 말이죠? 수술을 받아야 한다니요?"

"성대가 완전히 상했습니다. 음, 더는 가수를 하기 힘들어질지도……."

그때 더는 참지 못한 김찬형이 벌떡 일어나더니 그대로 의사의 멱살을 잡아 올렸다.

"이 새끼가 보자 보자 하니까. 너 말 다 했어?"

"아니, 검사 결과가 그렇게 나온 걸 어떻게 합니까? 자세한 건 서울에 있는 대형 병원에 가서 검사받아 보시면 될 거 아닙니까!"

"이 돌팔이 새끼가. 너 지금 장난쳐? 너 옷 벗을 각오해 두는 게 좋을 거야. 내가 누군지 알고."

김찬형은 구겨진 얼굴로 자리에서 일어났다. 그리고 그대로 병원을 빠져나왔다.

매니저 장영수가 다급히 김찬형에게 달라붙었다.

"이대로 올라가게?"

"그럼 어쩌라고! 나중에 알아서 와. 나 먼저 갈 테니까. S대학 병원으로 오라고."

"아, 알았어. 그럼 먼저 올라가 봐."

김찬형은 따로 끌고 왔던 벤츠를 끌고 부리나케 서울을 향해 엑셀을 밟았다. 최대한 빨리 S대학 병원으로 올라가 봐야 했다.

한편 김찬형이 콘서트를 중도에 펑크 내고 잠적해 버린 이 사건은 순식간에 연예 기사를 뒤덮었다.

보통 사람도 아니고 김찬형이었다.

경력이 십몇 년 넘어가는 베테랑 발라드 가수.

그의 뒷소문이 지저분하긴 했지만 콘서트 만큼은 단 한 번도 펑크 낸 적이 없는 게 바로 그였다.

그런 그가 콘서트를 펑크 냈다?

게다가 전국 투어를 앞둔 중요한 콘서트를?

당연히 기자들의 촉이 곤두설 수밖에 없었다.

그리고 그들은 콘서트에 갔던 관중들을 상대로 귀중한 단서 하나를 얻을 수 있었다.

음이탈, 그리고 쇠를 긁는 듯한 괴성.

답은 하나다.

"천하의 김찬형이 성대결절이라고?"

"무슨 일이 있던 거지? 목 관리 하나는 국내에서 둘째가라면 서러울 만큼 꼼꼼히 받았던 걸로 기억하는데?"

"빨리 알아봐. 이런 건 속도가 생명이라고!"

그 후 줄지어 연예란에 기사가 뜨기 시작했다.

『김찬형, 성대결절 의심돼!』

『김찬형, 향후 남은 전국 투어 콘서트 일정은 어떻게?』

『콘서트 펑크 내고 잠적했던 김찬형, 알고 보니 광주 J대학 병원에서 검사받은 걸로 나와.』

『김찬형, 이비인후과 의사한테 욕설 및 폭행한 것으로 밝혀져.』

그리고 속속 사실들이 하나둘 밝혀지기 시작했다.

김찬형의 소속사는 그것을 막기 위해 사방팔방으로 애쓰기 시작했지만 이미 불붙듯 퍼져 버린 상황, 이 대세를 막는 건 불가능하다고 봐야 했다.

그러는 사이 김찬형은 과속을 해 가며 2시간 만에 서울에 도착했다. 그리고 그는 곧장 S대학 병원으로 향했다.

이미 S대학 병원 앞에는 장영수한테 이야기를 전해 받은 소속사 대표가 나와 있었다.

멀찌감치서 날씬하게 잘빠진 은색 스포츠카가 들어서자 소속사 대표가 달려갔다.

"야, 임마! 너 어떻게 된 거야?"

"어떻게 되긴……."

일상적인 대화에서는 괜찮았는데 지금은 그것마저 불편해졌다. 점점 더 목소리에서 쇠가 긁는 듯한 소리가 커지고 있었다.

"너 목소리가 왜 그런 거야?"

"아, 됐어요. 신경 쓰지 마요. 저 지금 이비인후과 가 봐야 하니까."

"같이 가."

"아, 형!"

"임마, 너 우리 회사랑 아직 계약 안 끝났어. 그리고 이번에 너 목 아작 났으면 전국 투어 잡은 거 예약 취소 빨리 해야 돼. 그거 공연장 대관하느라고 돈이 얼마나 들었는지 몰라서 하는 이야기야? 게다가 환불도 해 줘야 한다고!"

"……휴, 같이 가요."

두 사람은 함께 이비인후과로 들어갔다. 그리고 김찬형은 평소 자주 만나서 이야기를 나누는 이비인후과 교수를 만나서 자초지종을 밝혔다.

"한번 검사받아 보자고. 목소리도 심상치 않은데?"

오랜 고객인 김찬형의 목소리가 심상치 않자 그도 빨리 검사를 받아 보자고 하고 나섰다. 그리고 내시경 검사가 급하게 이루어졌다.

"휴, 큰일 났다."

"그게 무슨 말이에요?"

"너 망했다고, 임마. 너 성대가 아예 아작 났어. 도대체 너 뭐한 거야?"

"뭘 하긴요. 그냥 가볍게 목 풀면서 콘서트 준비했죠."

"정말 아무 일 없었어? 이건 아예 어떻게 손을 쓸 수가 없는 상태야. 일시적인 것도 아니고 평생 가는 거라고."

"……그게 무슨 말이죠?"

"평생 발라드 부를 생각은 꿈도 꾸면 안 된다고. 난 이거 못 고친다. 아니, 누구한테 가더라도 이거 못 고쳤어. 그냥 끝났다고 봐야 돼."

"시발!"

그러나 그건 이미 공허한 울림에 지나지 않았다.

그것을 보며 소속사 사장은 연거푸 전화를 돌리기 시작했다.

중도에 취소하는 한이 있더라도 어떻게든 이 손해를 틀어막아야만 했다.

한편 건형은 훌륭하게 노래를 끝낸 지현을 데리고 근처에 가장 유명한 음식점으로 향했다. 그리고 지혁, 김정호 매니저와 함께 저녁을 먹기 시작했다.

저녁을 먹으며 김정호 매니저가 조심스러운 목소리로 물었다.

"박 이사님, 아까 대기실에서 불미스러운 일이 있으셨던 건 아니겠죠?"

"예, 걱정하지 않으셔도 됩니다."

목격자도 없고 당사자도 기억 못 하는 일이다.

걱정할 필요는 없다.

지현은 건형을 바라봤다.

불과 몇 시간 만에 김찬형의 목소리가 그렇게 맛이 갔다는 건 상상조차 할 수 없는 일이었다.

건형이 그와 연루된 것이 아닌가 그게 궁금했다. 그것은 김정호 매니저도 마찬가지.

그러나 하루 만에 성대를 망가트리려면 외상을 입히거나 해야 한다는 건데 그에게는 외상의 흔적이 전혀 없었다.

"지현이는 어디서 머무릅니까?"

"당분간 지방 행사는 없을 거 같아서 오늘 바로 올라갈 생각이었습니다만 아무래도 이런 콘서트 같은 경우 뒤풀이까지 남는 경우가 많다 보니……"

"그렇군요. 그러면 지현이는 제가 데려가겠습니다. 김 매니저님은 지혁이 형 좀 데려다 주실 수 있으시겠습니까?"

"예? 아, 물론입니다."

건형의 차는 스포츠카다. 그리고 2인용이다.

그렇다 보니 지혁까지 세 명을 태울 수 없다.

건형이 미안한 마음에 지혁을 슬며시 쳐다봤다.

뭐라고 말하려고 하던 지혁이 한숨을 길게 내쉬었다.

여기서는 자신이 양보하는 수밖에 없을 듯했다.

'대신 너 나중에 두고 보자.'

지혁은 불만 어린 얼굴로 툴툴거리며 고개를 끄덕여 보였다.

저녁을 다 먹고 난 뒤 건형이 지현을 데리고 먼저 자리를 빠져나갔다.

그런 다음 스포츠카를 타고 다시 서울로 올라가기 시작했다.

서울로 올라가는 내내 지현은 아무 말도 하지 않았다.

그것은 건형도 마찬가지였다.

한참 동안 조용하던 끝에 건형이 먼저 입을 열었다.

"너한테 할 이야기가 있어."

"말해요."

"나에 대해 궁금한 게 많을 거야. 그리고 오늘 그것에 대해 이야기 좀 하려고 해. 괜히 말 안 했다가는 너를 더 불안하게 할 거 같아서."

"그게 뭐예요?"

건형은 그 후 운전하면서 천천히 자신에게 일어났던 일을 하나도 빠짐없이 이야기했다.

이야기를 듣고 있던 지현은 건형의 말에 때로는 놀라고 때로는 안타까워하며 끝까지 집중했다. 그리고 건형의 말이 끝나는 순간 지현이 한숨을 내쉬며 말했다.

"휴, 그런 일이 있었어요? 진작에 이야기해 줬으면 좋았잖아요. 저는 정말 오빠한테 무슨 일이라도 생기면 어떻게 하나 얼마나 걱정했다고요."

"걱정하지 않아도 돼. 지금 그 누구도 나를 해칠 수 없다고 생각하고 있거든."

"그 일루미나티에서도요?"

"응."

"만약 총을 쏘면요?"

칼은 시도해 봤다. 그리고 날카로운 장검이 피부조직을 뚫지 못하고 그대로 튕겨져 나가는 것까지 확인했다.

그러나 총은 다르다.

국내에서는 총기류를 쓸 수 없게 법적으로 규제를 받고 있지만 미국만 가 봐도 다르다.

미국에서는 총기 소지가 법적으로 허용되어 있다.

빗발치는 총알 세례를 막아 낼 수 있을까?

건형은 그것에 대해 회의적인 생각이 들었다.

아무리 생각해 봐도 그것은 어려울 것 같았다.

그렇지만 지현에게 걱정을 안겨 주고 싶진 않았다.

건형이 차분한 목소리로 말했다.

"걱정하지 않아도 돼. 별일 없을 거야."

"그 일루미나티라는 곳에서 오빠를 경계하고 있다면서요. 괜찮은 거 맞아요?"

"응. 나도 힘을 키울 거니까."

"힘요?"

"응. 그 누구도 나를 얕잡아볼 수 없는 힘. 지금이야 가진 게 별로 없지만 그때가 되면 일루미나티도 더는 나를 무시할 수 없게 될 거야."

지금 당장 일루미나티와 척을 지고 싶은 생각은 없었다.

그러나 언젠가 반드시 부딪치게 될 대상인 것도 사실이었다.

건형이 자신의 비밀을 털어놓은 덕분에 두 사람의 사이는 그전보다 더 돈독해졌다. 지현도 확실하게 건형을 믿을 수 있게 된 것이었다.

그렇게 두 사람 사이는 잘 풀렸다.

반면에 인생이 아작 난 건 김찬형이었다.

결국 건형이 생각했던 대로 권선징악으로 마무리된 것이었다.

Chapter. 07

집으로 돌아온 뒤 건형은 생각에 잠겼다.

지현의 말을 듣고 보니 앞으로 생각해야 할 거리가 많았
다.

특히 가장 중요한 건 일루미나티와 관련된 문제였다.

어쨌든 건형은 일루미나티와 부딪칠 수밖에 없다.

일루미나티는 건형의 능력을 상당히 껄끄럽게 생각하기
때문이다.

그들이 일시적으로 휴전을 제시하긴 했지만 그것은 어디
까지나 일시적이다.

일루미나티에서 건형에게 휴전을 제시한 건 그의 능력이 불완전하다고 판단했기 때문이다. 그리고 그 능력의 불완전성으로 인해 건형이 스스로 폭주하다가 사망할 것으로 여긴 것이다.

적이 알아서 자멸하는데 굳이 싸워서 피해를 감수해야 할 필요는 없지 않은가.

일루미나티의 의도는 그것이었다.

그러나 건형은 전화위복을 겪었다.

우연찮게 엔젤돌스 숙소를 갔다가 머리를 맞으며 다시 한 번 능력이 깨어났다. 그리고 심장에 자리 잡고 있던 푸른색 기운이 전신을 완벽하게 감쌌다.

그 일이 있은 후 건형은 예전보다 칼로리 소모량이 눈에 띄게 줄어들었다. 신체가 재구성되었고 더는 피로함을 느끼지도 않았다.

또, 완전기억능력이 알아서 구현이 되고 있었다. 그전에는 수동으로 on/off를 해야 했다면 지금은 Auto on이 되어 있는 느낌이랄까.

그럼에도 불구하고 칼로리 소모량은 줄어들었고 더는 피곤함을 느끼지 않게 됐으니 전화위복이 아닐 수 없었다.

물론 불완전기억능력이 완전기억능력으로 바뀐 건지 아

닌지는 알 수 없었다.

그것을 구별하는 기준이 무엇인지 건형은 알지 못했으니까.

하지만 몸 상태가 좋아졌다는 건 여러모로 희소식이었다.

일단 죽을 걱정은 안 해도 된다는 뜻이었으니까.

심장 부근에 자리 잡고 있는 이 푸른색 기운이 무엇인지 짐짓 궁금해질 뿐이었다.

'언젠가 알아낼 수 있다면…… 혹시 이게 그 기라는 것일까.'

그러나 확인할 수 있는 방법은 어디에도 없었다.

심장 쪽에 자리 잡고 있지만 유형화되어 있는 물체 같은 것이 아니었기 때문이다.

어쨌든 그것은 각설하고 지금 당장 중요한 건 주변 세력을 모으는 것이었다.

일루미나티는 전 세계에 광범위하게 퍼져 있다.

그리고 그들은 각각 독립된 단체가 점조직 형태로 구성되어 있다.

일루미나티는 라틴어로 '계몽하다' 라는 뜻의 단어인 illuminatus의 복수형에서 유래한 것으로 계몽주의 시대인

1776년 5월 1일 설립된 비밀결사단체다.

오늘날 일루미나티는 흔히 그림자정부로 불리고 있는데 이들의 영향력은 점점 더 커져 현재에 이르러서는 조만간 신세계 프로젝트를 가동할 것으로 알려지고 있었다.

이들의 가장 큰 목표는 'New World Order' 속칭 NWO 프로젝트라는 것이다.

NWO 프로젝트는 신세계 프로젝트의 도입부 단계에 위치해 있는 것으로 이 NWO 프로젝트를 통해 이들은 일루미나티에 저항하는 모든 세력을 섬멸 후 자신들만의 세계를 확립하는 것을 지향하고 있다.

일루미나티에는 여러 점조직들이 있다.

삼각위원회, 빌더버그 그룹 그리고 외교협의회까지.

지난번 건형이 만났던 아담 록펠러 같은 경우 삼각위원회의 수장 중 한 명이자 빌더버그 그룹의 중심인물이기도 하다.

또 삼각위원회에는 노벨 아이젠하워가 모시고 있는 메로빙거가 있다.

노벨 아이젠하워 같은 경우에는 13인 위원회의 일원 중 하나로 아버지가 죽고 난 뒤 13인 위원회의 일원인 마스터가 되었다.

정치, 경제, 외교 등 일루미나티가 갖고 있는 힘은 무궁무진하다.

사실상 그들의 힘은 전 세계에 넓게 분포되어 있다고 봐야 했다.

한 사람이 감당하기에는 어려울 만큼 방대하고 강한 조직, 그게 바로 일루미나티였다.

무려 삼백 년 가까운 시간 동안 끊임없이 세력을 키워왔으니 당연한 일이었다.

'그들을 상대로 맞서 싸워 보려면……..'

태원 그룹 하나로는 턱없이 부족하다.

그들을 막으려면 그에 준하는 세력을 키워야 한다.

그러기 위해서 들어가는 돈만 해도 어마어마할 것이다.

'방법이 필요해.'

건형의 입장에서 볼 때에는 자신의 완전기억능력이 완벽해졌다는 것이 탄로 나기 전까지는 그들과 최대한 마찰을 피하면서 세력을 키워야 할 필요성이 있었다.

그렇지만 마땅한 방법이 생각나지 않았다.

아군과 적군을 구별하는 일이다.

그것이 쉽게 이루어질 리가 없다.

이런저런 생각을 하던 건형은 잠시 머리를 식히고자 컴

퓨터 앞에 자리를 잡고 앉았다.

그리고 지난번 들어갔던 바둑 대국 사이트에 한 번 더 발걸음을 했다.

예전에도 바둑을 두면서 건형은 깨달음을 얻은 적이 있었다.

깨닫는다는 것은 우연찮은 기회에 찾아오곤 한다.

그리고 그 깨달음을 얻으려면 꾸준히 많은 생각을 해야 할 필요가 있다.

그래서 독서를 하고 산책을 하고 바둑 같은 것을 두는 것이다. 때로는 낚시를 할 때도 있다.

자신의 생각을 정리하고 그것을 확립하기 위함이다.

오랜만에 바둑 사이트에 접속한 건형은 쌓여 있는 쪽지 수에 혀를 내둘렀다.

쪽지 대부분은 중국어였다.

'중국 사람이 이 사이트에 많나?'

긴가민가하던 건형은 쪽지를 대충 훑었다.

예상대로 예전 논문 사이트에서 그가 받아 들었던 쪽지들과 내용들이 대동소이했다.

너는 누구냐, 언제 한번 붙자, 왜 안 들어오냐 등 그런 내용들이었다.

건형은 쪽지를 전부 다 비운 다음 대기실에 입장했다.

튜토리얼 10전 전승.

대전모드 9전 전승.

승률 100%!

건형의 성적은 어마어마했다.

개중에서 다섯 번은 아마추어를 상대로 둔 것이었지만 나머지 네 번은 프로기사들을 상대로 둔 것이었다.

물론 건형은 알지 못하지만 그 프로 기사들로는 중국 프로 바둑계의 초신성이라고 불리는 장취안 5단부터 시작해서 렌허 7단, 추광야 6단, 파오루이룽 4단 등이 있었다.

그가 대기실에 들어오자 한 사람이 대국을 신청해 왔다.

랭킹을 보아하니 10위권 안팎.

"이 정도면 꽤 잘 두는 사람이겠네."

건형은 흔쾌히 수락 버튼을 눌렀다.

어차피 머리를 정리하기 위해 한 것뿐이었다.

흑과 백, 진영이 나뉘었다.

건형이 랭킹이 낮은 탓에 흑돌이 주어졌다.

건형은 자신을 흑돌, 상대 백돌을 일루미나티로 가정하고 바둑을 두기 시작했다.

천하는 바둑판 위와 같다, 라는 말이 있지 않던가.

바둑판 위에서의 격전은 천하를 놓고 싸우는 것과 비슷하다고 봐야 할 정도.

건형은 바둑으로 한번 지금 머릿속에 있는 생각들을 정리해 보려 하고 있는 것이었다.

건형이 바둑을 두는 사이 점점 대국 사이트에 사람들이 몰리기 시작했다.

그들은 건형의 아이디를 기억하고 있었다.

불과 몇 개월 전에 있었던 소동.

열 번의 대국.

그중 네 번은 프로를 상대로 한 대국이었다.

또한 전부 다 불계승.

완벽한 승리라고 할까.

한국에까지 알려지지 않았지만 중국에는 기사화되어서 대대적으로 보도된 바가 있었다.

중국의 기라성 같은 기성들이 정체불명의 초고수에게 허무하게 패배했다고 말이다.

랭킹 1위인 천자시 9단이 무릎을 꿇지 않는 것을 다행으로 여겨야 한다는 의견도 많았다.

그러나 그동안 천자시 9단은 건형을 상대로 계속 연구를 해 오며 그가 다시 돌아올 날을 손꼽아 기다리고 있었다.

그가 자신의 대결을 무시해 버리고 사이트를 나가 버린 것은 여러모로 천자시 9단에게 충격적인 일이었기 때문이다.

그리고 천자시 9단은 불과 몇십 분 전 친구에게 연락을 받고 잠에서 깼다.

중국이 한국보다 1시간 이르긴 하지만 어쨌든 중국도 새벽녘이었기 때문이다.

처음에만 해도 천자시 9단은 자신을 찾는 수십여 통의 전화에 침대에서 좀처럼 일어날 생각을 하지 않고 있었다.

왜냐하면 며칠 뒤 중요한 대국을 앞두고 있었기 때문이다.

용성전(龍星戰)이라 불리는 것으로 중국 바둑 협회가 주최, 주관하고 허베이 중연 공업이 후원하는 중국 최대의 바둑 기전 중 하나였다.

우승 상금이 12만 위안, 한국 돈으로 약 2,200만원 정도로, 천자시는 결승 3번기 중 1차전을 앞두고 있었다.

상대는 최근 중국 바둑의 간판으로 올라선 스웨 9단으로 천자시 9단이 세계 랭킹 4위에 머물러 있는 데 비해 스웨 9단은 지금 세계 랭킹 2위에 올라 있었다.

원래 천자시 9단은 세계 랭킹 1위였지만 아래로 내려왔고 그 자리는 한국의 박정훈 9단이 차지하고 있었다.

어쨌든 용성전을 앞두고 잔뜩 신경이 날카로워졌던 상태에서 계속 전화가 오다 보니 천자시 9단으로서는 신경질이 날 수밖에 없었다.

"도대체 무슨 일이야!"

[아, 미안해. 잠을 깨웠나보군. 그래도 중요한 일이어서 어쩔 수 없었어.]

전화를 건 것은 렌허 7단이었다. 중국 프로 바둑 기사 랭킹 7위에 세계 랭킹 20위권에 드는 빼어난 기사.

또한 그는 천자시 9단의 절친이기도 했다.

"렌허, 무슨 일인지 말부터 해 봐. 내가 용성전을 코앞에 두고 있다는 거 알고 있잖아."

[그러면 편하겠군. 지금 스웨 9단도 깨어 있으니까. 네가 지난번에 한번 붙어 보고 싶어 했다던 그 초고수가 다시 나타났거든.]

"뭐라고?"

천자시 9단은 그 말에 잠이 확 달아나는 것 같았다.

렌허 7단이 누구를 말하는지 그는 직감적으로 느낄 수 있었다.

몇 달 전 중국 프로기사들이 자주 찾는 대국 사이트를 한바탕 휩쓸고 지나갔던 기인.

그날 딱 한 번 들어와서 9판의 대국을 뒀던 그는 그 이후 흔적을 아예 감췄다.

다시 돌아온 적도 없었다.

그래서 그렇게 영영 잊혀지는가 싶었는데 이렇게 다시 모습을 드러낸 것이었다.

천자시 9단은 냉큼 컴퓨터를 켰다. 그리고 렌허 7단과 통화를 하면서도 이야기를 나눴다.

"지금 그는 대국 중인가?"

[응. 근데 장난 아니야. 지난번에 그와 겨뤘었던 추광야 7단이 도전하고 얼마 안 돼서 개박살 났어. 말 그대로 박살 났다는 이야기지.]

중국 프로 바둑 기사 랭킹 23위 추광야 6단, 그는 몇 달 전에도 정체불명의 기인과 겨뤄 본 적이 있었다.

결과는 불계패.

추광야 6단으로서는 뼈아픈 패배였다.

그 후 그는 뼈를 깎는 노력으로 다시 실력을 키웠다. 그리고 승단에도 성공, 7단이 되었고 랭킹도 12위로 11계단을 껑충 뛰어올랐다.

그런데 그때보다 더 심각하게 박살이 났다고?

"지금은 누구하고 겨루고 있지?"

[장취안 7단.]

프로 바둑계의 초신성이라고 불리던 장취안 5단, 그 역시 7단으로 승단했고 중국 국내 랭킹에는 3위, 세계 랭킹은 5위에 들 정도로 실력이 일취월장했다.

천자시 9단은 대국 사이트에 접속하자마자 전화를 끊고 관전을 시작했다.

이미 수천 명이 넘는 사람들이 건형과 장취안 7단의 대국을 지켜보고 있었다.

천자시 9단은 건형의 돌을 보며 그가 다섯 달 전 홀연히 나타났다가 사라진 그 사내가 맞다는 걸 한눈에 알 수 있었다.

'그자가 확실해.'

장취안 7단은 확실히 기력이 늘었다. 예전보다 호쾌함이 더 살아났고 그 덕분에 시종일관 상대를 압도할 수 있게 되었다.

그러나 이자를 상대로 전혀 그런 모습을 보이지 못하고 있었다.

천자시 9단은 우선 대국 예약부터 했다.

이름난 고수들이 줄지어 대국 예약을 신청해 둔 상태였다.

이 사이트의 상위권 랭커들은 죄다 포진되어 있었다.

이미 다음 대국은 예약이 잡힌 상태였다.

바로 다음 대국 상대는 스웨 9단.

여기서 대국을 두지 못한다고 하더라도 충분히 이 새벽녘에 일어나서 볼 만한 가치가 있는 대국이다.

스웨 9단의 약점을 파훼할 수 있는 절호의 기회니까.

그리고 그것은 이번 용성전에서 그에게 승리의 기회를 부여할 것이다. 그러면 세계 랭킹도 다시 올라갈 수 있다.

한때 중국 국내 랭킹 1위이자 세계 랭킹 1위였던 천자시 9단 입장에서 명예를 회복할 수 있는 좋은 기회였다.

결국 장취안 7단은 얼마 가지 못해 돌을 던지고 말았다.

이번에도 불계패였다.

장취안 7단은 돌을 던지자마자 인터넷 선을 뽑은 건지 컴퓨터를 박살 낸 건지는 모르겠지만 아예 사라져 버렸다.

오프라인 상태.

그만큼 그가 이번 대국을 얼마나 신중하게 됐는지 알 수 있는 대목이었다.

천자시 9단은 그 대국을 보며 눈빛을 빛냈다.

한 수, 한 수가 아름답기 이를 데 없었다.

마치 바둑의 신이 내려와서 친히 가르치는 느낌이랄까.

'대단해. 어떻게 이런 사람이 전혀 알려지지 않을 수 있는 거지?'

천자시 9단은 고개를 설레설레 저었다.

믿을 수 없는 일이었다.

한국 바둑 협회에도 몇 차례 공문을 보내 물어봤지만 대답은 '우리 협회에 이런 사람은 소속되어 있지 않다.' 뿐이었다.

그의 정체를 속 시원하게 알고 싶었다.

마치 얼굴이 가면에 가려진 정체불명의 적을 상대하는 느낌.

두려움이 더 커질 수밖에 없었다.

'과연 스웨는 그를 어떻게 상대할까?'

천자시 9단은 모니터 안에 놓인 바둑판 위로 시선을 가져갔다.

스웨 9단이 흑돌, 상대방이 백돌을 집었다.

대국이 시작됐다.

팽팽한 접전.

건형은 상대방의 실력을 인정했다.

이 상대는 다른 누구보다 한 수 위의 실력을 갖추고 있었
다.

그렇다 보니 상대하는 데 있어서 상대적으로 긴장감이
더 들었고 여러모로 부담감이 적지 않았다.

'강적이야. 마치 일루미나티처럼.'

그는 일루미나티를 연상하게끔 하고 있었다.

그러나 방법은 얼마든지 열려 있었다.

작게 작게 쪼개진 집을 모으면 커다란 집 하나 안 부러울
때가 있다.

그를 위해 쏟아부은 수가 아깝지만 그것은 감당해 내야
할 몫.

그리고 어느 순간 건형의 세력이 우세해졌다. 그와 함께
건형은 그동안 모아 뒀던 힘을 결집시켰다.

바둑판 위에서의 총성 없는 전쟁.

승자는 건형이었다.

상대방이 돌을 던졌다.

이번에도 불계패.

그런 바둑판을 보며 건형은 자신이 가지고 있는 강점에
대해 확실히 깨달을 수 있었다.

그동안 그가 쌓아 온 인맥.

그리고 여러 세력들.

그것을 한곳에 결집시킨다면?

충분히 커다란 힘이 되어 줄 터였다.

건형은 자리에서 일어났다. 그에게 이번 일전은 중요한 계기가 되었다.

뭉치면 살고 흩어지면 죽는다고 했던가.

작은 물고기들은 포식자의 공격을 피하기 위해 자기들끼리 똘똘 뭉쳐서 커다란 물고기의 형태로 돌아다니곤 한다.

덩치가 커지면 상대적으로 큰 물고기가 쉽게 덤빌 수 없기 때문이다.

그것을 이용하면 된다.

허장성세.

그리고 지금 당장 중요한 것은 작게 작게 잘린 세력들을 한곳에 결집시키는 것이다.

'이들이라면 내게 큰 도움이 되어 줄 수 있을 거야.'

건형은 그대로 컴퓨터를 내버려 둔 채 바깥으로 나왔다.

새벽 공기가 차가웠다.

지현은 한창 꿈나라에 빠져 있을 시간.

건형은 스포츠카를 타고 지혁에게로 향했다.

그와 의논해야 할 일이 많았다.

한편 건형이 떠나간 뒤 수십여 명으로부터 계속해서 대국 신청이 쏟아지고 있었다.

천자시 9단은 물론 일본이나 한국의 프로 바둑 기사도 소문을 듣고서는 대국 사이트에 접속해서 대결을 신청 중이었다.

'설마 그때처럼 또 나가 버리는 건 아니겠지?'

다행이었다.

이번에는 나간 것 같지 않았다.

미리 예약해 뒀던 사람들은 천자시 9단이 신청을 하자 자신의 예약을 유보했다.

스웨 9단보다 랭킹은 낮지만 중국 바둑계에서 오랜 시간 잔뼈가 굵은 천자시 9단이 박건형을 어떻게 상대할지 그게 궁금했기 때문이다.

그런데 문제는 천자시 9단이 대국을 신청했는데도 불구하고 상대가 무응답 상태라는 것이었다.

"안 돼! 대국을 받아야 돼! 너하고 대국을 하고 싶다고! 으아아아아아아!"

천자시 9단이 새벽녘에 괴성을 질러 댔다.

사랑하는 애인이 집 근처까지 왔다.

그래서 달콤한 키스를 나누고 집으로 올라가자고 했다.

그리고 같이 엘리베이터 앞까지 올라왔는데.

여기서 그녀 아버지가 위중해서 병원에 입원했다고 연락이 온 꼴이다.

그것도 한 번이 아니라 두 번이나!

천자시 9단 입장에서는 열불 터지는 상황이었다.

물론 건형으로서는 그 사실을 전혀 알 수 없었지만.

새벽부터 찾아온 건형에 지혁이 인상을 구겼다.

"야, 임마. 지금이 몇 시인 줄 알아?"

"네, 알죠."

"근데 여기는 무슨 일이야? 내일 아침에 오든가 할 것이지."

"그럴 만한 사정이 있어요. 이야기할 수 있어요?"

"일단 안으로 들어가자."

북적북적 몸을 긁으며 지혁은 건형을 데리고 거실로 들어갔다. 그리고 거실 안에 자리를 잡고 앉은 다음 건형이 지혁을 쳐다보며 입을 열었다.

"일루미나티에 대항할 세력을 모을 방법을 생각해 냈어

요."

"응? 그게 뭔데?"

지혁이 의아한 얼굴로 물었다.

사실상 세계를 절반쯤 차지하고 있는 거나 다름없는 일루미나티를 상대할 세력을 만든다고?

"잘게 쪼개져 있는 세력들을 한데 모으는 거예요. 그러면 되지 않을까요?"

"휴, 임마. 말이 되는 이야기를 해야지. 그들 모두 사상이나 종교적인 신념 같은 게 서로 다른데 하나로 뭉치려고 하겠어? 당연히 서로 치고받고 싸울 게 뻔하잖아."

"음, 그러나 지금 가장 좋은 방법은 그것뿐이지 않을까요?"

"그건 그래. 어쨌든 지금은 일루미나티가 우리를 신경 쓰지 않고 있는 게 맞아. 네가 불완전기억능력이라고 판정이 난 거 같으니까. 그쪽에서는 굳이 긁어 부스럼을 만들 필요가 없다는 거겠지."

"그러나 언젠가는 맞부딪칠 거예요. 걔네들은 초인을 되게 싫어하는 거 같거든요."

초인, 인간의 한계를 뛰어넘은 인간을 이야기한다.

어떻게 보면 신인류라고 부를 수도 있을 것이다.

초인의 존재는 아직 밝혀지진 않았다.

그러나 각국에서는 그에 관해 어느 정도 파악해 두고 있을 게 분명하다.

특히 일루미나티는 초인에 대해서 알고 있을 가능성이 높다.

그들이 완전기억능력을 껄끄럽게 여기는 태도에서 그 증거를 찾을 수 있다.

실제로 일루미나티는 건형을 충분히 포섭할 수 있었다.

헨리 잭슨 교수 같은 경우 실제로 노벨 아이젠하워한테 건형을 추천하기까지 했다.

그렇지만 일루미나티는 헨리 잭슨 교수의 그 요청을 거부했다.

그것에는 일루미나티가 완전기억능력에 대해 알고 있다는 가정이 나온다. 그리고 과거 언제였는지는 모르지만 완전기억능력을 갖추고 있는 초인과 일루미나티가 부딪쳤음을 의미한다.

건형의 설명에 지혁이 고개를 끄덕였다.

"충분히 일리가 있어. 확실히 그들의 반응은 생각보다 되게 격앙됐었거든. 누가 봐도 너를 싫어하는 기색이 역력했지. 만약 내가 일루미나티의 수장이었으면 오히려 너를 포섭하려 했을 테니까."

"그렇죠. 제가 듣기로 일루미나티에는 그랜드 마스터라
는 수장이 있다고 들었어요. 그리고 헨리 잭슨 교수 말로는
그 그랜드 마스터가 저를 탐탁지 않게 생각하는 거 같다고
했고요."

"그러니까 분명히 완전기억능력에 대해 무언가 그들이
알고 있다는 거지."

"그걸 알아낼 방법은 없을까요?"

"글쎄…… 음, 모르겠어. 일단 그쪽 데이터베이스를 뚫
어봐야 하는데 뚫릴 거라고 생각해?"

"어렵겠죠."

거의 초국가적 그룹이나 다름없는 곳이 바로 일루미나티
다.

몇백 년 동안 차곡차곡 쌓인 그들의 데이터는 그만큼 엄
청난 가치를 가지고 있을 것이다.

그것을 어수룩하게 보관했을까?

단연코 건형은 그것에 관해 아니라고 확신을 담아 이야
기할 수 있었다.

게다가 지금 일루미나티와 상호조약을 맺고 있는 상태에
서 그들의 곳간을 턴다는 건 뒤통수를 치는 행위다.

일루미나티에서 어떻게 나올지 장담할 수 없다는 이야기
다.

"헨리 잭슨 교수하고 연락을 해 보는 건 어때?"

그날 서울에서 아담 록펠러와 만난 이후로 아직까지 건
형은 헨리 잭슨 교수와 연락을 한 적이 없었다.

헨리 잭슨 교수가 자신의 연락을 기다리고 있을지도 모
르지만 건형은 당분간 그와 연락을 할 생각이 없었다.

그가 자신을 속인 것을 생각한다면 더욱더 그러했다.

그렇지만 한편으로 생각해 보면 헨리 잭슨 교수 덕분에
자신이 여러모로 혜택을 얻은 것도 분명히 있었다.

특히 학회에서의 자신의 인지도 그리고 사람들의 평가.

이것은 전적으로 헨리 잭슨 교수가 자신한테 만들어 준
것이었다.

만약 그가 크렐레 저널에 자신의 이름을 가장 앞에 기재
하지 않았다면 헨리 잭슨 교수가 리만 함수의 가설을 증명
했다고 발표되고 끝이 났을 테니까.

지금은 리만 함수의 가설을 증명한 것은 여러 수학자들
이 만장일치로 맞다고 하면서 필즈상 수상도 유력시되고
있었다.

실제로 보름 뒤 필즈상 수상식이 프랑스에서 열리게 될

텐데 건형이 유력 후보로 예상되고 있었다.

그가 리만 함수의 가설을 증명한 것이 공로로 인정받았기 때문이다.

"한번 연락을 해 봐. 헨리 잭슨 교수는 그래도 너한테 호의적인 사람이었잖아."

마침 현재 한국 시각이 새벽 4시, 케임브리지는 오후 7시쯤 됐을 터였다.

고민 끝에 건형이 휴대폰을 들었다. 그리고 헨리 잭슨 교수한테 전화를 걸었다.

신호가 가고 얼마 지나지 않아 청수한 목소리가 들렸다.

헨리 잭슨 교수였다.

[미스터 팍? 오랜만이군.]

"헨리 잭슨 교수님, 잘 지내셨습니까?"

[나야 평소와 같지. 오랜만에 목소리를 듣게 되니 반갑군. 하하, 그래도 자네가 연락을 해 줘서 정말 고맙게 생각하네.]

"그게 무슨 말씀이시죠?"

[나는 말일세. 미스터 팍이 더는 내게 전화를 하지 않을 줄 알았거든. 사실 그건 내 실수가 맞았어. 애초에 일루미나티에 그런 이야기를 꺼내는 게 아니었는데. 어쨌든 미안

하게 됐네.]

헨리 잭슨 교수의 목소리에는 진심이 담겨 있었다.

건형이 차분한 목소리로 입을 열었다.

"아닙니다. 그럴 만한 사정이 있다는 것 이해합니다."

[이해해 준다니 고맙네. 그보다 무슨 일이 있는 것인가? 아니면 단순히 안부차 전화한 건가?]

"아, 한번 개인적으로 만나 뵙고 싶습니다. 여쭤 볼 것도 있고 해서요."

[그러면 내가 직접 한국에 들어가는 게 낫겠어. 아무래도 자네가 미국으로 직접 오는 건 여러모로 불편할 테니까 말이야. 사실 그것은 내가 생각해도 조금 위험할 듯해서 말이지. 일루미나티에는 그랜드 마스터의 뜻을 따르지 않는 별종 세력도 있어서 말이야. 그들이 무슨 짓을 저지를지 알 수 없는 일이거든.]

그의 말대로다.

미국은 사실상 일루미나티의 손아귀에 있다고 봐야 한다.

건형이 그런 미국으로 들어간다는 건 여러모로 부담이 갈 수밖에 없는 일이다.

적진 앞마당에서 전투를 벌이는 것이나 다름없으니까.

그렇다 보니 건형 입장에서는 그가 한국으로 들어오는 게 더 좋은 선택일 수 있었다.

게다가 헨리 잭슨 교수가 언급한 그 별종들.

그랜드 마스터가 일루미나티에서 절대적인 영향력을 갖는 건 사실이지만 그렇다고 해서 모든 인간을 통제할 수 있는 건 아니다.

실제로 그래서 인터넷에서는 모든 미국인의 뇌에 칩을 이식해서 그들을 임의대로 부리려고 하는 게 아니냐는 그런 뜬소문이 퍼지기도 했었다.

물론 그것은 전부 다 근거 없는 낭설로 밝혀졌지만 진실은 아무도 모르는 것이다.

[그러면 조만간 한국으로 들어가겠네. 언제쯤 가면 되겠나?]

"빠르면 빠를수록 좋습니다. 그런데 일루미나티에서 의심스러워 하지 않을까요?"

[걱정하지 말게. 오히려 그들은 내가 자네를 감시할 수 있다고 생각해서 좋아할 거야.]

그럴 수도 있다.

일루미나티 입장에서 건형은 껄끄러운 적이다.

불완전기억능력이기 때문에 위험하지 않다고 하지만 여

러모로 껄끄러울 수밖에 없다.

마치 계륵 같은 존재라고 할까.

게다가 그 불완전기억능력이 완전기억능력으로 탈바꿈하게 된다면 일루미나티 입장에서 건형은 최악의 적으로 변모하게 될 수 있다.

실제로 건형이 손을 본 사람들 중 빛을 본 사람이 꽤 많다.

가까이에는 지현이가 그렇고 레브 엔터테인먼트에 속해 있는 배우 강산도 그렇다. 두 사람 말고도 지난번 방송에 나와 그가 그림에 관한 재능을 일깨워 줬던 한 여자도 있었다.

건형은 그들의 열정에 감복해서 재능을 일깨워 줬다.

그러나 그전까지만 해도 무명에 불과했거나 애초에 그런 일을 하지 않았던 사람들이 천재 같은 모습을 보이면서 그들을 향한 관심이 부각되고 있었다.

실제로 강산 같은 경우 몇몇 드라마에 주연 배우로 단독 캐스팅이 들어오고 있었다. 그는 신중하게 대본을 검토하고 시나리오를 확인하며 출연할 작품을 고르고 있었다.

그리고 그림에 관한 재능을 일깨워 줬던 그 여자 시청자 같은 경우 갤러리에서 개인전을 열었고 엄청난 호평을 받으며 꽤 많은 인지도를 얻은 걸로 알고 있었다.

그 이후 그 능력을 사용한 적은 거의 없었다.

최근에 민영을 태원 그룹 정 사장에게서 구출하며 약간의 능력을 부여한 게 전부였다.

그가 그 능력을 아끼기 시작한 것은 그 능력이 가지는 위험성을 깨달았기 때문이었다.

이 능력은 악마의 능력이라고 할 수 있었다.

사람은 자신이 갖고 있는 재능을 찾아서 수년에서 수십 년을 헤맨다. 그러고도 자신의 재능을 찾지 못하는 사람들이 많다.

그러나 건형은 그 재능을 단숨에 일깨울 수 있는 힘을 가지고 있다.

여태까지는 그게 훌륭하게 이루어졌다.

모두 심성이 좋은 사람들이었기 때문이다.

그러나 만약에 건형이 사이코패스의 재능을 일깨웠다면? 소시오패스의 재능을 일깨우게 됐다면?

그것은 재앙이나 다름없다.

연쇄살인마를 자신이 직접 만들어서 세상에 풀어 놓게 되어 버리는 셈이 되기 때문이다.

'이 능력은 자제해야 할 필요가 있어.'

정말 친한 사람이 아니라면 건형은 가급적 이 재능을 함부로 남용하지 않을 생각이었다. 그리고 그것이 맞다고 생각하고 있었다.

전화를 끊자 지혁이 건형을 보며 물었다.

"어떻게 됐어? 헨리 교수가 온데?"

"예. 그럴 거 같아요. 빠르면 사흘 뒤에 비행기 타고 오려는 거 같더라고요."

"음, 그렇군. 일루미나티에서도 이 일을 갖고 이야기가 오고 가겠네."

"아무래도 그렇겠죠? 그래도 크게 문제없지 않을까요? 어차피 일루미나티 입장에서는 더 좋다고 생각할지도 모르죠."

"하긴 그것도 충분히 가능성이 있는 이야기지. 그들 입장에서는 의심을 안 받고 감시꾼을 둘 수 있는 좋은 기회가 생겼으니까."

"어쨌든 헨리 교수가 오면 한번 이야기를 나눠봐야겠어요. 헨리 교수 같은 경우 일루미나티로부터 후원을 받으면서 그들에게 도움을 적지 않게 얻긴 했지만 일루미나티와 사이가 썩 좋아 보이질 않았거든요."

"노벨 아이젠하워 때문에?"

노벨 아이젠하워는 아이젠하워 가문의 가주이자 13인 위원회의 마스터이며 헨리 잭슨 교수의 후견인이다.

정확히 헨리 잭슨 교수를 후원한 건 노벨 아이젠하워의 아버지이지만 아이젠하워 가문으로 놓고 보면 노벨 아이젠하워도 후견인이라고 볼 수 있다.

"아뇨. 그보다는 알렉산더 페렐만 교수 때문에 그래요."

"알렉산더 페렐만 교수? 그가 왜?"

알렉산더 페렐만.

러시아가 낳은 위대한 재능.

헨리 잭슨 교수와 함께 푸앵카레 추측을 증명해 냈지만 그는 모든 것을 거부하고 잠적해 버렸다.

필즈상은 헨리 잭슨과 알렉산더 페렐만이 함께 수상했지만 알렉산더 페렐만 교수는 시상식에도 나오지 않았고 상금마저 받지 않았다.

이후로 알렉산더 페렐만 교수의 소식을 들었는데 실종을 당했고 어디론가 사라졌다는 것뿐이었다.

실제로 헨리 잭슨 교수는 지난번 대화를 나눴을 때에도 일루미나티에 대해 좋지 않은 이야기를 몇 차례 언급하곤 했었다.

그때에만 해도 그것을 백 프로 믿을 수 없었지만 한 번쯤

고려해 봐도 나쁘지 않을 것 같았다.

　'그들이 내 후견인이라고 하지만 그것은 허울 좋
은 이야기일 뿐 많은 학자들은 그들을 위해 움직이
는 하나의 부품에 불과할 뿐일세. 지금 와서는 알렉
산더 페렐만 교수가 옳은 결정을 내렸다고 생각하고
있지. 설령 그가 실종을 당해서 온갖 고문을 당했다
고 할지라도. 학문적 자긍심은 그 누구도 꺾을 수 없
는 것이니 말이네.'

헨리 잭슨 교수가 했던 이야기가 다시 떠올랐다.
학자로서의 자긍심, 학문적 자긍심.
그것을 소중하게 여긴다는 헨리 잭슨 교수.
그렇다면 헨리 잭슨 교수가 일루미나티를 껄끄럽게 생각
하는 건 어떻게 보면 당연한 일이고 만약 그게 정말이라면
헨리 잭슨 교수를 믿어도 될 터였다.
"일단 헨리 교수가 오면 이야기를 나눠 보자. 그 후에 차
근차근 대책을 마련해도 늦지 않을 거야."
"그래야죠. 천천히 한 걸음씩 밟아가는 게 낫겠죠."
"그래. 그게 가장 좋지."

지혁이 고개를 끄덕였다.

그렇게 대화를 나누다 보니 어느새 시간이 훌쩍 지나 동이 트고 있었다.

벌써 아침이 되어 버린 것이었다.

지혁이 얼굴을 감싸 쥐며 말했다.

"하아, 잠은 다 깼네. 젠장."

"미안해요. 마음이 급했거든요. 일루미나티가 워낙 크다 보니까 여러모로 답답해서요."

"네가 그 위험 요소가 되지 않는 이상 그들도 너를 어떻게 하진 못할 거야. 사실 일루미나티 입장에서 너는 화약고나 다름없거든. 아니면 휴화산 같은 느낌?"

"휴화산요?"

"그래. 지금은 조용히 있잖아. 그냥 잠자코 있는데 괜히 건드려서 활화산으로 만들 필요는 없지. 그러면 그들한테 오히려 손해가 되는 거니까."

"휴화산이라……."

"그보다 태원 그룹 제안은 어떻게 하기로 한 거야? 받아들일 거야?"

"글쎄요. 그것도 지금 고민 중이에요."

태원 그룹의 정용후 회장은 건형에게 한 가지 제안을 해

왔다.

건형이 직접 그룹 경영에 나서서 그룹을 쇄신했으면 좋겠다는 바람을 밝혔다. 모든 전권을 위임할 것이라고 했다.

그것에는 리폼 코리아 프로젝트를 다시 한 번 진행했으면 하는 속뜻도 담겨 있었다.

"정 회장님은 정말 좋은 분이야. 성철 형님이나 우리 아버지하고도 관련이 있는 분이셨고."

"이야기는 들었어요. 우리 아버지하고 형님 아버님한테 자금을 지원해 주셨다면서요?"

"응, 맞아. 사실 그분이 아니었다면 이 정도로 조직을 꾸리지도 못했을 거야. 그분이 친일파 척결에 대해 의지를 확고하게 가지셨기 때문에 여기까지 올 수 있었던 거니까."

"그러고 보면 형도 참 신기해요. 그날 무슨 생각으로 저를 회유할 생각을 했던 거예요?"

"하하, 그때 말이구나."

건형은 처음 지혁을 만났을 때를 떠올렸다.

우연히 집 책장에 꽂혀 있는 과학 잡지를 읽어 보면서 알파벳을 찾아낼 수 있었다. 그리고 거기에서 건형은 사랑의 고아원 주소를 밝혀내는 데 성공했다.

'Orphanage of Love, Seoul, Jonglo, Insadong'

이게 바로 과학잡지에 적혀 있던 단서였다.

'그리고 민수 형하고 같이 그곳에 갔지.'

한때 공사장에서 함께 막일을 하며 아르바이트에 매달렸던 시기가 있었다.

그때 가장 큰 도움을 줬던 게 바로 민수였다.

민수는 여전히 공무원 시험 준비를 하고 있었다.

그러는 한편 틈틈이 고아원을 도우며 봉사활동도 부지런히 하는 것으로 알고 있었다.

몇 차례 그와 통화는 주고 받았지만 워낙 둘 다 서로 바쁘다 보니 만날 시간이 없는 게 사실이었다.

며칠 전 한 번 만날 뻔했지만 그것도 민수가 급한 일이 생겼다며 펑크를 내는 바람에 몇 달째 얼굴을 보지 못하고 있었다.

지혁도 한 번 민수를 만나 보고 싶어 해서 함께 만날 생각도 하고 있었지만 아무래도 그것은 조금 요원한 일이 되어 가고 있었다.

어쨌든 그때 사랑의 고아원이라는 단서를 찾아냈고 그곳에서 건형은 아버지의 또 다른 모습을 알아낼 수 있었다.

비밀요원이라고 해야 할까.

아버지는 가족 몰래 다른 일을 하고 있었다.

그러나 그것은 분명히 그릇된 일은 아니었다.

이 사회를 위해서 누군가는 나서서 해야 할 일일지도 몰랐다.

'그 때문에 뺑소니 사고를 당해서 돌아가시긴 했지만.'

그러나 이미 지나간 일이고 건형에게 죽은 사람을 되살릴 수 있는 능력은 없었다.

"무슨 생각을 그렇게 해?"

"그냥 형 처음 만났던 날요."

건형은 사랑의 고아원에서 노트북을 하나 찾아냈고 그 노트북으로 처음 지혁과 대화를 주고받을 수 있었다.

처음 그를 보고 건형이 느꼈던 인상은 차갑고 날카롭다는 것이었다.

실제로 지혁의 오른쪽 뺨에는 화상 자국이 남아 있었고 눈을 아슬아슬하게 빗나간 흉터가 사선을 길게 가르고 있었으니까.

"형은 그 상처 때문에 여자친구를 아직도 못 사귀고 있는 걸지도 몰라요. 나중에 성형외과 가서 그거 고쳐 봐요. 형도 결혼해야 할 거 아니에요?"

"쌩뚱 맞게 그건 무슨 소리야?"

"처음 형 만나고 얼굴 봤을 때 들었던 생각이 그거였거든요. 저렇게 험악한 얼굴로 결혼 절대 못 하겠다고."

"이 자식이!"

지혁이 구겨진 얼굴로 건형에게 달려들었다.

그러나 건형은 약삭빠르게 그것을 피해 냈다.

"결혼할 생각 없으니까 그런 말 하지 마라."

"결혼 안 한다고요? 진짜요?"

"그래, 관심 없어. 몸이 열 개라도 부족해 죽을 지경인데 여기서 결혼까지 했다가는…… 너 나 죽는 거 보고 싶어서 그런 거 아니지?"

"그럴 리가요. 그보다 그 사람은 어떻게 됐어요?"

"누구? 아, 그 녀석……."

건형을 위기에 빠트렸던, 지혁을 배신한 그의 친한 친구.

"알아봤더니 해외 비밀 계좌에 그 녀석 이름으로 된 계좌가 하나 있었어. 그리고 거기에 꽤 거액의 돈이 입금되어 있는 상태였고."

"그 계좌는요?"

"동결시켜 놨지. 해킹으로 테러 리스트 단체와 연결된 계좌로 만들어 버렸으니까 죽을 때까지 그 계좌는 못 찾을 거야. 죽으면 그 은행이 그 돈을 먹는 거지."

"그 사람은요?"

"미국에 살고 있어. 그래서 어떻게 손 쓸 방법이 없어. 그렇다고 무슨 청부 살인 업자를 보낼 수 있는 것도 아니고. 일단 내 눈에 띄지 않길 바라야지."

"실질적으로 지금 남은 사람이 몇 명이나 돼요?"

"그러니까 너 말은 이 프로젝트에 남아 있는 사람을 이야기하는 거겠지?"

"네."

"그 녀석이 빠졌으니까 이제 네 명밖에 안 돼. 다들 미국에 머무르고 있고. 성철 형님이 돌아가신 뒤 뿔뿔이 흩어졌다가 대부분 미국으로 건너갔거든. 다들 머리 좋고 저마다 특허 하나씩은 갖고 있던 놈들이었으니까 미국 정부에서 어떻게든 그 녀석들 데려오려고 갖은 회유를 다 해 왔거든. 시민권자에 직장에 집에……."

"일루미나티하고 연관이 있는 건 아니에요?"

"아니야. 다른 녀석들은 충분히 믿을 만한 녀석들이야. 걱정하지 않아도 돼."

"그러면 다행이네요. 휴, 솔직히 다른 사람들은 제가 만나 본 게 아니다 보니까 믿을 수 있을지 없을지 확신할 수가 없어서요. 그 사람을 생각해 보면 다른 사람들도 믿을 수 있다고 확신하는 게 어렵기도 하고요."

"그래서 그 네 녀석은 조만간 한국에 들어올 거야. 네 이야기를 했더니 한번 만나 보고 싶다고 하더라고. 그때 네가 판단하는 건 어떨까?"

"그건 그렇게 하기로 해요. 아무래도 그게 더 낫겠어요."

"그러면 그건 됐고. 너 대학교는 어떻게 할 거야?"

건형은 아직 2학년 2학기를 재학 중이다.

1학년 성적에 비해 2학년 성적은 그야말로 상상 불허의 수준이다.

모든 과목이 전부 다 A+를 받았으니까.

사실 교수들은 그와 말을 섞는 걸 꺼려 한다.

괜히 자신의 지식 밑바닥이 공개될까 봐 두려워하기 때문이다.

그래서 건형도 요새 학교 다니는 걸 조금 껄끄럽게 생각하고 있었다.

"조기 졸업을 생각해 보고 있어요."

지금 페이스대로라면 3학년 1학기와 2학기 때 학점을 전부 다 이수해서 조기 졸업하는 것도 가능하지 않을까 생각해 보고 있었다.

아니면 학교 측에 특례를 요청해 볼까도 고민 중이었다.

"태원 그룹 일 때문이야?"

"네."

그것은 태원 그룹 일 때문이었다.

태원 그룹의 정용후 회장이 부탁한 제안을 수락하려면 시간이 필요한데 대학교를 다니면서 시간을 낸다는 건 사실 말이 되지 않는 이야기였기 때문이다.

그렇다 보니 건형 입장에서는 차라리 대학교를 일찍 졸업해 버리고 태원 그룹에 들어가는 것이 나을지도 몰랐다.

물론 아직 태원 그룹에 들어가는 게 확정된 건 아니었다.

그 부분은 정용후 회장과 한 번 더 이야기를 나눠 본 다음 결정할 생각이었다.

"정 회장님은 언제 만나기로 했어?"

"내일요."

"바쁘겠네."

"네, 그렇죠. 그보다 너 지현이한테는 말하고 온 거냐?"

"아차."

밥을 먹는다고 하는 바람에 전화하는 걸 깜빡 까먹고 말았다.

건형은 다급히 전화를 걸었다.

얼마 뒤 지현이 전화를 받았다.

그러나 목소리는 냉랭했다.

"미안해. 여기 지혁이 형 집이야."

[새벽부터 거기 간 거예요? 컴퓨터도 켜 놓고?]

"그럴 만한 사정이 있었어. 밥은 먹은 거야?"

[칫, 그냥 회사 가면서 먹으려고요. 원래 오빠하고 같이 먹으려고 했는데 같이 먹을 사람이 없어졌잖아요. 이게 다 오빠 책임이에요!]

"오늘 무대 있어?"

[네, 토요일에 있는 거 사전 녹화해야 돼요.]

"알았어. 있다가 연락할게."

[네.]

전화를 끊었지만 왠지 모르게 목소리가 시무룩해 보였다. 아무래도 미리 말을 하고 오지 않은 게 계속해서 마음에 걸렸다.

"그러면 먼저 가 볼게요."

아침을 먹고 난 다음 건형은 바쁘게 발걸음을 서둘렀다. 할 일이 많았다.

Chapter. 08

레브 엔터테인먼트에 도착한 건형은 정명수 사장과 만나
서 이야기를 나눴다.

지현의 솔로 활동은 내일 마무리된다. 그리고 곧장 다음
주부터 그룹 플뢰르 활동이 예정되어 있다.

그 일정이 너무 타이트한 건 아닌지 그 여부를 의논해 봐
야만 했다.

"약간 일정이 빡빡한 건 있습니다. 그러나 물 들어올 때
노를 저어야 한다고 이건 계획대로 진행하는 게 나을 듯합
니다."

정명수 사장은 계속 진행하길 바라는 눈치였다.

실질적으로 레브 엔터테인먼트의 주가를 올리게 만들고 있는 장본인이 바로 지현이었다. 그리고 그 지현이 속해 있는 그룹 플뢰르였다.

플뢰르의 티저만 공개됐는데도 반응이 뜨거웠다.

지현의 폭발적인 가창력과 다른 멤버들의 콜라보가 인상 깊었다는 평가가 많았다.

미디어에서도 언제 앨범이 발표되느냐가 주목받고 있는 지금 하루라도 빨리 음원을 내야 한다는 이야기가 나올 수밖에 없는 상황이었다.

"흠, 어쩔 수 없겠네요. 한번 지현이와 이야기를 나눠 보고 싶은데 가능할까요?"

"물론입니다. 그런데 지현이는 지금 K본부에 있습니다. 오늘 사전 녹화가 있어서요."

"점심은 어떻게 해결하죠?"

"글쎄요. 아마 차 안에서 먹게 될 거 같은데. 오후에는 콘서트가 있거든요."

"또 선배 콘서트에 참여하는 겁니까?"

정 사장도 김정호한테 이야기를 전해 들어 알고 있었다.

그리고 김찬형에게 일어난 일.

건형이 거기에 어느 정도 개입한 것 같다는 이야기도 전해 들은 상태였다.

그렇다 보니 자연스럽게 목소리가 신중해졌다.

"그렇긴 한데 이번에는 여자 가수 선배입니다. 별다른 일은 없을 겁니다."

"예. 사장님을 믿지 못하는 게 아니라……."

"이해합니다. 저도 그 사람이 그런 가수인 줄은 몰랐습니다. 애초에 알았다면 섭외 요청에 응하지도 않았을 테고요."

"네. 그러면 저는 지현이를 만나러 가 봐야겠습니다."

"벌써요?"

"예. 회사 사활이 걸린 일 아닌가요?"

"하하. 그 정도는 아니지만 팬들이 워낙 기대하고 있다보니까요. 이사님께서 현명한 결정을 내려주시길 바랍니다. 그리고 한 가지 여쭤 볼 게 있는데……."

"말씀하시죠."

잠시 망설이던 정명수 사장이 조심스럽게 물었다.

"태원 그룹하고 어떤 관계이신지……."

"정용후 회장님과의 관계에 대해 물어보는 것이겠죠?"

"그렇습니다."

며칠 전 그가 태원 그룹 정용후 회장과 만나서 저녁을 함께 먹은 일은 이미 연예계 바닥에 널리 알려진 상태였다.

다들 두 사람의 관계에 대해 주목하고 있었다.

만약 태원 그룹이 레브 엔터테인먼트를 밀어 준다면 연예계에 지각 변동이 일어날 수 있는 일이었다.

태원 그룹의 막강한 마케팅을 바탕으로 레브 엔터테인먼트가 S급 연예인들을 휩쓴다면?

레브 엔터테인먼트라는 기획사가 이 시장을 해치울 수도 있게 되는 것이었다.

그렇다 보니 다들 촉각을 곤두세울 수밖에 없었다.

정명수 사장도 이 뜬소문을 들어서 알고 있지만 정작 자신은 아는 바가 없으니 머리가 아플 뿐이었다.

이미 누군가에게 그는 공공의 적으로 취급받고 있었으니 말이다.

"별일 아닙니다. 레브 엔터테인먼트하고도 아무 관계가 없고요."

"그런가요? 지난번 태원 그룹에서 전화가 왔었습니다."

"태원 그룹에서요?"

"예. 그리고 자신들의 도움이 필요하면 언제든지 말하라고 이야기하더군요. 내적으로나 외적으로나 충분히 도움을 줄 수 있다면서요."

'정 회장님이 일을 벌이셨군.'

자신이 여전히 결정을 내리지 않고 있으니 참다못한 정용후 회장이 직접 나선 모양이었다.

건형은 한숨을 길게 내쉬었다.

"휴, 그 부분은 따로 알아보도록 하겠습니다. 아무래도 정용후 회장님이 밑선에 지시를 내린 거 같은데 무언가 착오가 있던 모양입니다."

"박 이사님."

"예, 말씀하세요."

"저는 박 이사님이 지난번 제게 해 주셨던 말을 믿습니다."

"경영권에 관심 없다고 한 말, 말입니까?"

"그렇습니다. 애초에 박 이사님은 레브 엔터테인먼트에 관심이 있던 게 아니라 플뢰르가 앨범을 낼 수 있는 곳을 원하셨던 거 아닙니까?"

"맞습니다."

건형은 순순히 고개를 끄덕였다.

스타플러스 엔터테인먼트와 갈라선 뒤 그들의 방해 공작에 어디하고도 계약을 할 수 없게 되자 궁여지책으로 찾은 곳이 바로 레브 엔터테인먼트였다.

당시 레브 엔터테인먼트는 영세한 엔터테인먼트였고 건형의 도움이 없으면 언제 파산 신청을 해도 이상하지 않을 상황이었다.

어쨌든 그것은 양쪽 모두에게 윈윈이 되는 계약이었다.

레브 엔터테인먼트는 건형의 집중적인 투자에 살아났고 소속사 연예인들이 승승장구하기 시작하며 기획사의 질도 확실히 살아났다.

뿐만 아니라 스타플러스 엔터테인먼트의 박광호 실장이 징역형을 살게 되면서 레브 엔터테인먼트는 스타플러스 엔터테인먼트를 일부 흡수하는 데 성공했고 레브 엔터테인먼트가 폭풍 성장하는 데 커다란 도움을 줄 수 있었다.

결국 레브 엔터테인먼트가 볼 때 박건형은 하늘이 내려준 선물이나 다름없었다. 그 덕분에 레브 엔터테인먼트가 영세규모의 기획사에서 초대형 기획사로 발돋움할 수 있었다고 봐야 했다.

정명수 사장도 그것을 알고 있었고 그래서 박건형을 누구보다 더 신뢰하게 된 상태였다.

요즘 드림 엔터테인먼트의 대표이사를 만나면 예전만큼 콧대를 높이지 못하고 있었으니까.

게다가 태원 그룹을 등에 업을 수만 있게 된다면?

레브 엔터테인먼트라는 호랑이가 날개를 등에 매단 것이나 다름없어진다.

업계 최고로 발돋움할 수 있게 되는 셈이다.

"앞으로도 잘 부탁드리겠습니다."

"정 사장님, 우리 사이에는 아무 문제도 없을 겁니다."

건형은 걱정스러운 얼굴로 자신을 쳐다보는 정명수 사장을 보며 환하게 미소를 지어 보였다.

K본부에 도착한 건형은 곧장 대기실로 향했다.

그가 나타나자 연예인들이 웅성거리기 시작했다.

건형은 멋쩍은 얼굴로 그들을 쳐다봤다.

왠지 관계가 뒤바뀐 것 같았다.

'원래대로라면 내가 연예인들을 신기하게 쳐다봐야 하는 건데 말이지.'

건형은 그들을 지나친 채 지현이 머물고 있는 대기실로 향했다.

대기실 앞에 도착한 다음 문을 두드리자 안에서 목소리가 들렸다.

"누구세요?"

지현이었다.

반나절 만에 목소리를 들으니까 이렇게 좋을 수 없었다.

"누구세요?"

건형이 멍 때리는 사이 지현이 다시 한 번 물었다.

건형이 웃으며 말했다.

"나야."

"어? 오빠예요?"

지현이 다급히 달려오는 소리가 들렸다.

우당탕거리는 듯한 소리.

급하게 부산거리는 목소리다.

'메이크업하기 전에 왔나?'

여자한테 메이크업은 생명이다.

게다가 연예인이라면?

생명보다 더 중요할 때도 있다.

그런데 아직 메이크업을 하지 않은 상태라면?

그게 사랑하는 남자친구의 방문이라고 할지라도 꺼리게 되는 게 여자의 본능이다.

약속 시간에 늦게 된 이유가 무엇인지 물어봤을 때 메이크업하느라 그랬어, 라고 하면 대범하게 넘어가 줘야 한다.

연인을 위해 그만큼 공들여 화장하고 나왔다는 이야기니

까.

여기서 눈치 없게 쌩얼로 나와도 상관없는데, 라고 하면 오히려 점수만 까인다.

자신이 그렇게 공들여 노력한 것을 무시해 버린 것이나 다름없으니까.

건형은 그런 실수를 저지르진 않았다.

지현이 문을 열 때까지 잠자코 기다리고 있었다.

방송용 메이크업은 어느 정도 끝낸 듯했다. 남은 건 약간의 뒷마무리 정도?

아니면 안에서 군것질로 허기를 때우고 있었을지도 몰랐다.

궁금하긴 했지만 그녀가 문을 열기 전까지는 참는 수밖에 없을 듯했다.

그때였다.

누군가 달려오는 소리가 들렸다.

건형은 설마 하는 얼굴로 그쪽을 돌아봤다.

그리고 그의 얼굴이 딱딱하게 굳었다.

"오빠!"

"……."

건형은 할 말을 잃어버렸다.

옛말에 불길한 예감은 항상 들어맞는다더니.

이곳 대기실 복도에 모습을 드러낸 건 다름 아닌 슈퍼 스타의 리더 이혜미였다.

"혜미야."

건형이 떨떠름한 목소리로 대답했다.

진즉에 지현이 문을 열어 줬다면 이런 일도 겪지 않았을 텐데.

그때 혜미가 건형에게 달려들었다.

그리고 품 안에 안기려고 했다.

건형은 화들짝 놀라며 다급히 그녀를 막아 세웠다.

그 순간 푸른색 기운이 일어나며 건형과 혜미 앞에 얇은 막을 만들었다.

본능적인 위기감이 만들어 낸 것이었다.

그리고 혜미는 그 얇은 막에 그대로 막혀 버렸다.

"응?"

갑자기 벌어진 상황에 혜미가 당황해할 때였다.

밖에서 난 소란을 듣고 지현이 다급히 문을 열었다.

"무슨 일…… 야, 너는 여기 왜 있어!"

지현이 화들짝 놀란 얼굴로 혜미를 쳐다봤다.

혜미가 뚱한 얼굴로 건형을 쳐다봤다.

"지현이 만나러 온 거였어요?"

"그러면 내가 여기를 왜 와. 나하고는 상관없는 곳인데."

"……손에 든 그건 뭐예요?"

혜미가 건형이 손에 들고 있는 물건을 가리키며 물었다.

건형이 멋쩍은 얼굴로 대답했다.

"아무것도 아니야."

"흐음, 먹을 거 같은데. 저도 같이 먹으면 안 돼요?"

"그러니까……."

"여자친구하고만 단둘이 먹겠다고요? 이렇게 예쁜 여동생 놔 두고요? 저도 배고프다고요. 가죽이 등에 달라붙을 거 같……."

그러나 혜미는 방금 전 점심을 먹고 온 상황.

사실대로 말하면 이미 배불러 죽을 것 같은 상태였다.

그러나 그것을 이실직고할 수는 없었다.

이렇게 말하는데 무작정 밀어내는 것도 힘들었다.

건형이 난처한 얼굴이 되자 결국 마음 약한 지현이 혜미를 안으로 불러들였다.

"오빠. 그거 뭐예요?"

"응? 도시락. 근처 레스토랑에 미리 주문해 뒀던 거야.

같이 먹으려고 했던 건데…….”

건형이 도시락을 테이블 위에 올려 뒀다.

건형과 지현이 먹을 것. 그밖에 지현을 위해 애쓰는 김정호 매니저를 비롯한 회사 식구들이 먹을 도시락이 차곡차곡 쌓였다.

회사 식구들은 다른 쪽 테이블에서 상을 차려 놓고 밥을 먹기 시작했다.

그러나 그들의 신경은 온통 다른 데 팔려 있었다.

테이블 하나를 차지하고 둘러앉은 세 사람.

그들 때문이었다.

“너…… 괜찮겠어?”

“네. 괘, 괜찮아요.”

혜미가 어색하게 웃어 보였다.

아까 왜 점심을 빨리 먹었을까 그게 지금도 후회가 됐다.

그렇다고 해서 순순히 물러날 수는 없었다.

사실 연락을 하기도 어려운 게 작금의 현실이다.

그녀는 한창 왕성하게 활동 중인 아이돌인 데다가 건형은 사귀는 여자친구가 있기 때문이다.

그녀가 이렇게 건형을 따라붙는 건 지현이 좋아하는 남자가 누군지 무척 궁금했기 때문이다.

그러나 건형을 점점 알게 되면서 혜미는 그의 매력을 알게 됐고 지금에 이르러서는 건형에게 호감을 느끼고 있었다.

자유분방한 모습, 세계 석학들과 어깨를 나란히 하는 머리, 태원 그룹의 회장이 직접 챙길 정도로 대단한 인맥, 레브 엔터테인먼트의 대주주로 있을 만큼 엄청난 재력.

이런 겉모습보다 중요한 것은 그의 마음 씀씀이였다.

그리고 그것을 보며 혜미는 건형에게 적지 않은 매력을 느낄 수밖에 없었다.

그렇다 보니 점심을 먹어서 배부른 상태인데도 불구하고 계속 이 자리에 남아 있는 것이었다.

'그러나 이제는 한계야.'

혜미의 얼굴이 울상이 됐다. 슬슬 배가 터질 것 같았다.

조금 있으면 리허설 무대가 있는데 여기서 더 먹었다가는 무슨 일이 일어날지 알 수 없는 일이었다.

이쯤에서 그만 둬야만 했다.

그리고 때맞춰서 휴대폰 전화가 울렸다.

실장이었다.

평소 그렇게 싫어하는 실장인데 오늘따라 그가 이렇게 반가울 수 없었다.

"죄송한데 저 먼저 일어나 볼게요. 곧 리허설이 있어서
요."

"아, 응. 나중에 보자."

"네, 지현아. 있다가 봐!"

활달한 표정으로 웃으며 나가는 혜미를 보며 지현이 한
숨을 길게 내쉬었다.

"휴, 하여간 쟤는 눈치도 빨라서. 어떻게 알았는지 모르
겠네요."

"그러게 말이야. 그래도 착한 애 같은데?"

"네, 착해요. 정말 착하죠. 그러니까 오빠한테 자꾸 달라
붙어도 그냥 이해하는 거고요."

"음, 다른 여자였다면 이해 안 했다는 의미네?"

"당연하……죠. 그보다 오늘 태원 그룹 간다고 하지 않
았어요?"

"아니, 오늘이 아니라 내일. 내일 정 회장님 만나뵙기로
했어."

"그래요?"

"왜? 걱정되는 거라도 있어?"

"지난번에 오빠가 정 회장님 자택에서 만났다고 하는 그
여자분요. 왠지 그 여자분도 같이 데리고 나오실 거 같아서

요."

"설마."

"휴, 바보."

"응? 뭐라고?"

"됐어요."

지현은 설레설레 고개를 저었다.

아무래도 공부머리나 사업머리는 좋은데 이쪽은 영 꽝인 것 같았다.

그것을 하루라도 빨리 바꿔 놓을 필요가 있었다.

"오빠. 드라마 같은 건 안 보죠?"

"드라마?"

건형은 틈틈이 드라마를 본다.

문제는 그중 대부분이 미국 드라마라는 것이 함정이다.

일부러 넷플릭스 같은 사이트에 가입해서 VISA카드로 매달 결제해 가며 보는 편이었으니까.

"이참에 한국 드라마도 봐봐요."

"한국 드라마? 어떤 거?"

"아침 연속극이나 뭐 그런 거요. 그런 거 좀 봐야겠어 요."

"아침 연속극을 보라고?"

아침 연속극이면 불륜, 바람, 출생의 비밀 이런 자극적인 소재를 다루는 드라마가 아니었나?

갑자기 왜 그런 것을 보라고 하는지 궁금했다.

지현이 말했다.

"아무래도 오빠는 그런 것 좀 봐야 할 거 같아서요. 정용후 회장님이 오빠를 무척 마음에 들어 한다면서요! 그러면 자기 손녀를 소개시켜 주려고 하지 않겠어요?"

"그럴 리가 없잖아. 나는 이미 너하고 사귄다고 기자회견까지 했는데? 정 회장님이 그럴 분이 아니야."

건형이 고개를 저었다.

자기가 아는 정용후 회장은 그럴 사람이 절대 아니었다.

"됐어요. 내가 말을 하지 말아야지."

"그렇게 너무 걱정하지 않아도 돼."

"오빠. 이번 주에 저 솔로 활동 끝나면 다음 주부터는 그룹 활동을 시작하잖아요."

"응, 그렇지."

"그러면 그때 스케줄 비워 달라고 할 테니까 같이 여행 갔다 오면 안 돼요?"

"여행?"

갑작스러운 이야기에 건형이 지현을 쳐다봤다.

그리고 곰곰이 생각해 보니 그동안 이렇다 할 추억을 제대로 쌓지 못한 것이 생각났다.

두 사람은 연예인이다. 건형은 반쯤 연예인이지만 어쨌든 그렇다 보니 스케줄을 소화하느라 추억을 제대로 쌓을 시간도 없었다.

지현에게는 그게 못내 속상했을 것이다.

둘만의 추억.

다른 사람들과는 공유할 수 없는 그런 추억.

내심 그것을 원하고 있을지도 몰랐다.

"어디로 가고 싶어?"

"그냥 어디든 다 좋아요."

손가락을 꼼지락거리면서 말하는 모습에 건형은 입가에 미소를 그렸다.

오늘따라 지현이 더 예쁘게 보였다.

"그래, 그렇게 하자. 내가 우리 회사 이사고 대주주인데 그것 하나 못 만들겠어? 김정호 매니저님!"

건형은 이런 일일수록 화끈하게 밀어붙여야 한다는 것을 알고 있었다.

밥을 다 먹고 이쑤시개를 후비던 김정호 매니저가 다급히 달려왔다.

"예, 박 이사님, 무슨 일이십니까?"

"한 가지 여쭤 볼 게 있어서요."

"뭐든 말씀하시죠."

"지현이 스케줄 당장 잡혀 있는 게 모두 몇 개나 되죠?"

"일단 오늘 오후에 이은정 선배 콘서트에 게스트로 초대 되었고요. 그리고 이틀 뒤 주말부터는 주말 콘서트 게스트 로 몇 번 더 가야 합니다. 다음 주는 아직 잡히지 않았지만 아마 가을 분위기 내는 콘서트가 여러 차례 열릴 테니까 콘 서트 게스트로 초청이 많이 오지 않을까 싶네요."

"음, 주말 콘서트 게스트…… 그거 무조건 가야 하는 건 가요?"

"그게 그러니까…… 취소하셔도 상관은 없습니다. 그쪽 에서 콜이 온 것이긴 한데 아직 사장님이 결재하시지 않았 을 겁니다."

"결국 정 사장님한테 여쭤 봐야 하는 거군요."

"그렇습니다. 그런데 아마 별 문제 없을 겁니다."

"예, 고맙습니다."

건형은 고개를 끄덕여 보인 뒤 바로 정명수 사장한테 전 화를 걸었다. 얼마 지나지 않아 정명수 사장이 전화를 받았 다.

[박 이사님?]

"예, 정 사장님. 한 가지 부탁을 드릴 일이 있어서 전화했습니다."

[부탁이라면…….]

"이번 주 주말에 지현이 게스트 초청이 왔다고 하시는데 그 제안 안 받으셨으면 해서 말입니다."

[흠. 특별한 이유라도 있으십니까? 하나는 소규모 콘서트라 상관없는데 다른 하나는 꽤 특별한 대형 콘서트여서 말이죠.]

"지현이하고 함께 여행을 다녀올까 해서요. 플뢰르 활동을 시작하면 한동안 바빠질 테니 그 전에 한 일주일 정도만 시간을 내고 싶습니다."

[예? 그게 저…… 당장 안무도 맞춰 봐야 하고 앨범 발매하기 전에 쇼케이스 행사도 뛰어야 합니다. 게다가 신곡 홍보도 있고요.]

"음……."

현실적인 문제가 여러모로 발목을 잡는다.

결국 건형은 약간 타협할 수밖에 없었다.

"그러면 사흘 정도면 됩니다. 그래도 안 되겠습니까?"

사흘.

정 사장도 고민하기 시작했다.

사흘이어도 여전히 부담은 간다.

그렇다고 해서 건형의 말을 무시할 수도 없다.

사람 마음이라는 게 한순간이다.

정명수는 여러 차례 그런 일을 겪었다. 이 일로 앙심을 품는 건 아니겠지만 사람 사이에 좋지 않은 게 쌓이다 보면 그게 다 페널티가 되어 버리는 셈이기 때문이다.

마침내 정 사장이 백기를 들었다.

[좋습니다. 이번 주 주말과 다음 주 평일 이틀, 이렇게 총 나흘이면 어떻겠습니까?]

나흘.

생각했던 시간보다 하루가 더 늘어났다.

그 정도면 여전히 아쉽긴 하지만 어쩔 수 없다.

아마 수요일부터 금요일까지 정신없이 달려야 할 것이다.

쇼케이스 준비도 해야 할 테고 신곡 홍보도 또 해야 할 테고 라디오 같은데도 출연하고 예능 프로그램에도 얼굴을 비칠 것이다.

몸이 열 개라도 부족할 터.

그럼에도 불구하고 이 정도 시간을 얻어 낸 게 천만다행이었다.

"감사합니다, 정 사장님."

[아닙니다. 여행 잘 다녀오시길 바랍니다. 나머지는 회사 측에서 차근차근 준비해 놓겠습니다.]

건형은 지현을 보며 눈을 찡긋해 보였다.

통과됐다.

김정호 매니저를 비롯한 코디와 경호팀이 건형을 빤히 쳐다봤다.

지현에게 휴가가 났으면 우리들은?

그런 눈빛이다.

건형이 그들을 보며 말했다.

"정 사장님한테는 제가 말해 둘 테니 그동안 푹 쉬어 두세요. 어차피 지현이 돌아오면 한창 바쁘게 될 텐데 잠깐 쉬는 것도 나쁘지 않겠죠."

그러나 직원들의 표정이 밝지만은 못하다.

그 이유를 눈치챈 건형이 웃어 보였다.

"하하. 유급휴가로 해드리면 되겠죠?"

"예!"

지현 대기실에 커다란 목소리가 울려 퍼졌다.

다들 만족해하는 표정이 역력했다.

그렇게 기분 좋은 상태로 지현은 무대 위에 올라갔다.

그리고 타이틀 곡인 꿈의 기억을 부르기 시작했다.

영롱하면서도 밝은 노래, 세상에 지친 모든 사람들한테 힘을 실어 주는 그런 노래다.

그녀가 노래를 부르는 순간 사전 녹화에 참여하러 온 팬들이 일제히 침묵했다.

사방이 조용해졌다.

다들 음악에 귀를 기울이고 있었다.

이런 일은 흔치 않다.

한두 명은 딴짓을 하면서 한눈을 팔기 마련이니까.

더군다나 그 노래가 한두 달 정도 오랜 시간 정상을 지킨 채 수백만 번 이상 불려졌다면 더욱더 그러하다.

그러나 음원으로 듣는 것과 라이브로 듣는 것에는 차이가 있다.

현장음이라고 할까?

실제로 네티즌들이 가장 의문점을 표하는 게 바로 이것이다.

본인이 인터넷에서 음원을 통해 들으면 썩 별로인데 현장에서는 기립박수 갈채를 받는 경우.

몇몇 방송국의 음악방송을 보다 보면 그런 경우가 잦다.

그러면 사람들은 의심을 한다.

아니, 나는 분명 별로였는데 왜 저기 있는 사람들은 저렇게 기립박수를 치고 울기까지 하지?

그 상황을 납득하지 못하는 것이다.

그러나 그것에는 현장음의 차이가 존재한다.

음원으로 듣는 것과 실제로 듣는 것.

여기서 극명하게 차이가 발생하기 때문이다.

"휴, 언제 들어도 장난 아니네요."

"진짜 타고났어. 타고났지. 거기에 몸매도 장난 아니잖아."

"그러게요. 삐쩍 마른 요새 아이돌하고는 꽤 비교되죠? 저 정도면 딱 적당하죠."

지현의 무대를 보던 선배 가수들이 음담패설을 늘어놓기 시작했다.

급기야 평론회까지 이어졌다.

누가 보면 미스코리아를 심사하는 것이라고 생각될 정도였다.

"한 번 자 봤으면 소원이 없겠네."

"형. 말조심해요. 이번에 태원 그룹에서 쟤 남친 불렀다는 이야기 못 들었어요?”

“그게 뭐 어쨌다고?”

“태원 그룹이에요. 태원 그룹! 잘못하면 우리 모가지 그냥 날아가는 거예요.”

“뭐 한 번 잤다고 그게 문제 되겠냐?”

그때였다.

그들 위쪽에서 목소리가 들렸다.

“어이, 거기 그만들 하지.”

두 사람이 고개를 돌렸다.

그들보다 약간 위쪽 자리에 한 사내가 앉아 무대를 감상 중이었다.

그러나 조명 탓에 얼굴이 제대로 보이지 않았다.

둘 중 약간 삭아 보이는 가수가 입을 열었다.

“이 새끼가. 너 뭐야?”

“방금 전까지 너네가 씹어 대던 사람.”

“뭐?”

“당사자 앞에서 한 번 더 이야기해 봐.”

건형은 훌쩍 자리에서 뛰어올랐다.

그리고 성큼 두 사람 앞으로 뛰어내렸다.

그의 등장에 주변이 소란스러워졌다.

알게 모르게 그들 대화를 듣고 있던 몇몇 스태프들이 그 것을 보며 눈을 휘둥그레 떴다.

몸놀림이 무슨 액션 배우인 것처럼 대단히 날렵했기 때 문이다.

그들은 흥미진진한 얼굴로 세 사람의 대립을 쳐다보기 시작했다.

한편 지현을 대 놓고 씹어 대던 건 요새 꽤 잘 나가고 있 는 남자 아이돌 그룹의 리더였다. 십 대 여성 팬층을 꽤 많 이 가지고 있는 데다가 외모도 훤칠해서 여러모로 팬층이 탄탄했다.

그가 이렇게 뻐팅기고 나서는 것에는 그럴 만한 이유가 있었다.

어린 나이에 따르는 패기랄까?

물론 상대가 박건형이라는 것이 문제였지만.

"아, 네가 박건형이야? 그래서 뭐 어쩔 건데? 나를 패기 라도 할 거야?"

"그럴 리가."

건형은 고개를 설레설레 저었다.

"그러면 우리 기획사를 네가 뭐 때려 부수기라도 할 거 야? 대한민국에서 내가 내 입으로 떠들겠다는데 네가 뭐

보태 준 거라도 있어?"

이렇게 막 나가는 녀석이 제일 진상이다.

옆에 있는 녀석이 그를 진정시키려 했지만 오히려 놈은 무슨 선불 맞은 멧돼지처럼 길이길이 날뛰고 있었다.

"후."

건형은 한숨을 길게 내쉬었다.

여기서 더 이상 소요를 일으키긴 싫었다.

그렇다고 해서 녀석을 그대로 내버려 둘 수도 없는 노릇이다.

건형은 스스로 세워 둔 규칙이 있었다.

개중에는 사사로이 자신의 힘을 남용하지 않는다는 것이었다.

그러나 건형은 인간이었다.

초인이라고 하나 인간은 인간이다.

초인의 인은 인간의 인을 뜻하기도 하니까.

어쨌든 소요를 일으키기 싫었지만 때로는 어쩔 수 없는 경우가 있다.

바로 이럴 때다.

결국 건형은 다른 사람 모르게 자신의 기운을 끌어냈다.

이것은 직접적으로 접촉하는 것보다 조금 더 많은 힘을

쏟아부어야 한다.

그렇지만 더 효과적이다.

자신이 그와 접촉했다는 증거가 전혀 남지 않기 때문이다.

그가 가장 아끼는 건 뭘까.

역시 인기일 것이다.

자신의 팬들을 통해 얻는 인기.

그것이 가장 중요하겠지.

그러면 그 인기를 빼앗는 방법에는 뭐가 있을까.

건형은 그에게서 그 인기를 얻게 해 주는 원동력을 아예 빼앗아 버릴 생각이었다.

한눈에 봐도 건형은 그의 부자연스러움이 눈에 들어왔다.

성형으로 이곳저곳을 고친 부자연스러운 이목구비.

그가 인기를 얻게 된 것은 저 외모 때문일 터.

건형이 뿌려 낸 기운이 그에게 잔뜩 파고들었다.

그는 갑자기 몸이 가려운 듯 이곳저곳을 박박 긁어대기 시작했다.

건형은 그를 내버려 둔 채 지현으로 다가갔다.

그는 궁시렁대며 발걸음을 돌렸다.

그러나 무언가 여전히 불만족스러운 듯 입으로 궁시렁거리고 있었다.

건형은 더 이상 그를 신경 쓰지 않았다.

죗값은 그가 알아서 치르게 될 테니까.

지현이 걱정스러운 얼굴로 건형을 쳐다봤다.

그녀도 리허설을 하는 동안 무대 바깥을 틈틈이 확인하고 있었다. 그리고 건형이 최근 잘 나가는 아이돌 그룹의 리더와 크게 부딪치는 장면을 보며 어떻게 하나 라는 생각을 감추지 못하고 있었다.

왜냐하면 그의 팬층이 워낙 많다 보니 건형이 괜한 피해를 보는 게 아닌가 우려됐기 때문이다.

특히 남자 아이돌의 팬층은 여자 아이돌의 팬층보다 훨씬 더 맹목적이다. 그리고 공격적이며 사납기까지 하다.

더군다나 최근은 트위터나 페이스북 같은 SNS가 크게 발달했다.

그것으로 괜히 이상한 트윗을 날리기라도 한다면?

피해를 입는 건 건형일 터.

안 좋은 건 생각했던 대로 일어난다고 했던가?

그때 그는 한창 트위터에 트윗을 작성하고 있었다.

건형을 파묻어 버리겠다는 심산에서였다.

그런데 트위터를 작성할 때마다 계속해서 버그가 일어나고 있었다.

"에이, 씨발. 이거 뭐야! 왜 트윗이 작성이 안 되는 건데!"

"무슨 일인데 그래? 어, 박건형? 이 사람이 왜?"

"아니, 아까 지 여친 뒷담화 좀 깠다고 생난리 떨잖아. 그래서 한번 욕 좀 먹어 보라고."

"야, 임마. 괜히 또 분란 일으키지 말고. 너 그러다가 사장님한테 또 불려 가."

"왜? 별거 아닌 녀석 같은데 뭔 상관이야. 태원 그룹 그것도 다 개뻥이라며."

"일단 레브 엔터테인먼트 대주주야. 그만큼 돈이 많다는 건데 우리 회사하고 싸움 붙어 봐. 어떻게 될 거 같냐? 괜히 너 하나 때문에 회사에 피해 입히지 말라고. 지난번에도 너 두어 번 문제 일으킨 거 생각 안 나?"

그가 얼굴을 구겼다.

이미 그는 소위 말하는 무뇌에 가까운 트윗질을 몇 차례 하다가 회사로부터 경고를 먹은 적이 있었다. 또 한 번 사고를 일으키면 그때는 회사 차원에서 가만히 있지 않겠다는 이야기를 듣기까지 했다.

그렇다 보니 매니저 입장에서는 주의를 줄 수밖에 없었다.

"에이씨, 알았어. 안 하면 될 거 아니야."

"그보다 너 어제 라면 먹고 잤어?"

"그게 뭔 말이야?"

"너 얼굴이 조금 부은 거 같은데?"

"얼굴이 부었다고?"

그는 자신의 얼굴을 꼼꼼히 확인했다. 그리고 얼굴을 구졌다.

확실히 무언가 이상했다.

얼굴 군데군데 부자연스러움이 느껴지고 있었다.

"너 오늘 리허설 할 수 있겠어?"

"당연히 해야죠. 우리 언제 해요?"

"곧 무대 들어갈 거야. 준비해 둬."

그리고 얼마 지나지 않아 그들도 무대에 투입됐다. 그리고 리허설 무대를 갖기 시작했다.

그런데 안무를 추고 노래를 부를 때마다 점점 숨이 가빠왔다.

결국 첫 곡을 다 마무리하기도 전에 그는 그대로 고꾸라

지고 말았다.

매니저가 다급히 달려왔다.

맨 앞줄에서 무대를 보던 여고생들이 비명을 질러 댔다.

그야말로 아수라장이 따로 없었다.

응급차가 황급히 달려왔고 그를 후송해 나갔다.

병원에 급히 도착한 그는 응급실에서 각종 검사를 받기 시작했다.

회사 입장에서는 큰일이었다.

사실상 그들이 그들 회사의 돈줄이나 마찬가지였으니까.

그런데 그룹의 리더이자 메인 보컬이 응급실에 실려 가다니.

이미 각종 기사에서는 그 소식을 메인으로 다루고 있었다.

"야, 임마! 어떻게 된 거야? 애들 관리 신경 쓰라고 했어 안 했어?"

"아니, 분명 별 문제 없었습니다. 진짜 저는 제대로 관리했습니다. 오늘 갑자기 이렇게 된 겁니다."

그때였다.

의사가 다급히 달려왔다. 그리고 그가 보호자를 찾기 시작했다.

"장우현 보호자분 계십니까?"

기획사 사장이 냉큼 손을 들었다.

일단 문책은 나중에 하더라도 일이 어떻게 된 건지 알아
내야 했다.

"우현이 상태는 어떻습니까?"

"음…… 일단 안으로 들어가시죠."

의사가 그를 안으로 끌어들였다.

그리고 의사가 조심스럽게 입을 열었다.

"이 아이 성형 수술 얼마나 했습니까?"

"그게……."

"걱정하지 않으셔도 됩니다. 비밀은 철저히 지킬 겁니
다."

"대여섯 번 정도 했습니다. 양악수술하고 쌍커풀, 코, 전
체윤곽 그리고 몇 번. 시술도 꽤 많이 했고. 무슨 문제가 있
습니까?"

"혹시 최근에 뭐 다치거나 그랬습니까?"

"아뇨. 그런 적은 없었습니다."

"음, 이런 말 드려도 될지 모르겠는데 얼굴의 지지대가
무너지고 있습니다."

"예?"

"과한 성형의 부작용 때문인 거 같습니다. 혹시 선풍기 아줌마라고 들어보신 적 있습니까?"

"예. 텔레비전에서 본 적 있습니다."

"조심스럽지만 지금 상태가 그렇게 진행되어 가고 있습니다. 아무래도 무슨 사고 때문에 지지대를 하고 있던 여러 뼛조각들이 어긋난 듯싶은데…… 음, 우리가 손 쓸 수 있는 영역을 벗어난 상황입니다."

"하아."

아이돌에게 얼굴은 생명이다.

특히 남자 아이돌은 더욱더 그렇다.

그런데 얼굴이 이렇게 망가지기 시작했다고?

사장이 얼굴을 감싸 쥐었다.

몇 년 동안 투자한 돈을 이제야 긁어모으기 시작했는데 모든 게 다 꼬여 버렸다.

머리가 지끈거리고 있었다.

건형은 기사를 보며 손을 너무 과하게 쓴 게 아닌가 생각이 들기도 했지만 그것은 저 녀석이 감당해야 할 일이 될 터였다.

옆에서 같이 걷고 있던 지현이 눈을 동그랗게 뜨며 물었다.

"무슨 일 있어요?"

"아까 그 장우현인가? 그 애가 응급실로 실려 갔다길래."

"네? 정말요? 어디 다쳤데요?"

"걱정이 들어?"

"그래도 동료니까요."

"그렇게 험한 말을 막 했는데도?"

"그건 그렇지만…… 옛날에 우리 엄마가 죄는 미워하되 사람은 미워하지 말라고 했거든요. 그래서 사람은 되도록 안 미워하려고요."

"휴, 그래. 내가 널 좋아하게 된 것도 그 착한 성격 때문이었지."

특히 고아원에서 그녀가 사랑스럽고 따뜻하게 노래를 부르는 걸 보며 지현에게 푹 빠지게 됐었다.

그래서 민수 형도 그와 사귀는 걸 적극 추천했던 것이기도 하고.

"그 이야기를 들으니까 생각나는 건데 민수 오빠는 요새 잘 지내세요? 오빠하고 연락도 뜸하게 하는 거 같아서요."

"마침 며칠 전에 연락했었어. 그러고 보니까 음."

말끝을 흐리는 모습에 지현이 눈을 휘둥그레 뜨며 물었다.

"왜요? 무슨 일 있어요?"

"너만 괜찮으면 오늘 민수 형도 같이 저녁 먹을까 해서."

지현이 그 말에 생각에 잠겼다.

'이왕이면 오늘은 단둘이 먹고 싶은데…… 그래도 앞으로 나흘 정도는 오빠하고 같이 여행 다니고 그럴 거니까.'

지현이 고개를 끄덕였다.

"그렇게 해요."

"괜찮겠어?"

"네. 괜찮아요."

건형이 그 말에 고개를 저었다.

"아니야. 그러지 말고 오늘은 둘이서 먹자. 사실 근사한 레스토랑에 이미 예약을 잡아 뒀거든."

"정말요?"

"응, 민수 형은 내가 내일 점심 때 만나기로 했어. 저녁에 태원 그룹 만나러 갈 건데 그전에 얼굴 보기로 했거든."

"뭐야. 그러면 일부러 저 떠본 거였어요?"

"하하, 떠본 거라기보다는 그냥 너는 어떻게 생각하는지 궁금해서."

"치."

"가끔은 그냥 네가 하고 싶은 대로 해. 굳이 나 생각하면서 말 안 해도 돼."

"그래도……."

"물론 배려심 넘치는 네 성격을 좋아하지만 그래도 사람은 간혹 이기적일 때도 필요하다고 보니까."

"알았어요."

건형은 김정호 매니저를 비롯한 직원들을 돌려보낸 다음 미리 예약을 잡아 뒀던 곳으로 향했다.

서래마을에 위치해 있는 한 프렌치 레스토랑이었다.

서래마을에는 프랑스인 마을이 자리 잡고 있기 때문에 프렌치 레스토랑이 대단히 발달했다.

개중에서 건형이 찾은 곳은 국내에 하나밖에 없는 미슐랭 2스타를 받은 고급 레스토랑이었다.

그날그날 예약이 바로 차는 곳으로 이미 몇 개월 전 예약이 꽉 차 있는 상태.

건형이 이곳을 예약할 수 있었던 것은 지혁의 도움이 컸다.

이곳 레스토랑 사장이 지혁과 친한 사이였고 그 덕분에 한 자리를 운 좋게 얻을 수 있었다.

처음 건형은 남의 자리를 빼앗는다는 것에 사절했지만 레스토랑 주인이 특별석을 마련했다고 했기에 계속 거절하는 것은 예의가 아닐 듯해서 고개를 끄덕이고 말았다.

그리고 오늘 지현과 함께 레스토랑을 찾게 된 것이었다.

확실히 고급 레스토랑답게 식기도 고급 식기를 사용하고 있었다. 분위기도 은은하고 손님도 건형과 지현 커플을 비롯해서 다섯 커플 뿐이었다.

소규모 손님만을 모시는 고급 레스토랑이기에 가능한 일이었다.

두 사람이 오자 지혁의 친구인 이곳 레스토랑의 오너이자 셰프가 직접 애피타이저를 가져왔다.

참치, 과카몰리, 허브, 육포 등을 넣고 깔끔하고 세련되게 장식한 메밀 크레이프였다.

"정말 맛있어요!"

지현의 탄성에 삼십 대 후반으로 보이는 셰프가 미소를 지어 보였다.

"정말 다행입니다. 건형 씨가 온다는 이야기는 지혁에게 들었지만 지현 양이 함께 오실 줄은 미처 몰랐었습니다. 그래도 지현 양을 이렇게 모실 수 있어서 영광입니다."

만약 혼자 왔으면 저런 모습을 보이지도 않았을 거라고

생각하자 새삼 지현이 얼마나 예쁘고 또 사람들에게 사랑받고 있는지 알 듯했다.

그것을 증명하듯 여기 와 있는 손님들 모두 은근슬쩍 지현을 쳐다보고 있었으니까.

그들 모두 사회적인 지위가 있다 보니 대 놓고 사진을 찍거나 사인을 요청하지는 못하고 있었지만…….

그것도 아닌 모양이었다.

막 식사를 끝내고 자리에서 일어난 한 젊은 남자가 메모장 하나를 들고 오더니 조심스럽게 지현에게 그것을 건네며 말했다.

"식사 중에 실례이지만 사인 한 장 해 주실 수 있겠습니까?"

"그게……."

"아, 불편하게 만들어서 죄송합니다. 그래도 당신께서 사인을 해 주신다면 제게는 정말 큰 기쁨일 겁니다."

'이 동네 사람들은 죄다 혀에 버터를 발랐나?'

건형 입장에서는 그들 말투가 정말 느글거릴 수밖에 없었다.

"알았어요. 정 그렇게까지 말하신다면야…… 성함이 어떻게 되시죠?"

사인을 끝냈던 지현이 이름을 물어봤다.

그가 환하게 웃으며 말했다.

"정태진이라고 합니다."

"예, 정태진 씨. 여기 있습니다."

"감사합니다."

같이 왔던 여자가 그의 옆구리를 쿡쿡 찌르는 게 눈에 들어왔다. 그녀의 얼굴이 새빨갛게 달아올라 있었다.

그러나 정태진이라고 스스로를 소개한 사람은 아무렇지 않은 듯 싱글벙글하고 있을 뿐이었다.

근사한 애피타이저 이후 자연산 농어 구이와 푸아그라, 그리고 메인 디쉬로 호주산 양갈비까지 즐겼다. 입가심으로는 아이스크림과 녹차가 준비되어 있었다.

근사한 저녁 식사.

지현의 얼굴은 자연스럽게 상기된 상태였다.

그렇게 만찬을 즐긴 뒤 두 사람은 집으로 돌아왔다.

집으로 돌아오는 내내 지현의 표정은 즐거워 보였다.

'앞으로도 자주 챙겨 줘야겠네.'

건형은 그녀를 보며 내심 미안함을 감출 수가 없었다.

그렇기 때문에 앞으로 더욱더 최선을 다할 생각이었다.

Chapter. 09

이튿날 지현은 스케줄을 소화하기 위해 새벽 일찍부터 집을 나섰다.

그보다 조금 늦게 일어난 건형은 오늘 해야 할 일을 체크했다.

우선 민수와 함께 점심을 먹을 생각이었다. 그리고 잠깐 학교를 가서 강의를 들은 다음 저녁에 정용후 회장을 만나볼 생각이었다.

오늘까지 결정을 내리겠다고 약속했기 때문이다.

내일 한국에 오겠다고 하던 헨리 잭슨 교수는 돌연 약속을 미뤘다. 이야기를 들어 보니 노벨 아이젠하워가 그가 한국으로 가는 것을 만류했다고 했다.

이유를 들어 보니 그가 한국으로 가는 이유를 명확하게 알아야 할 필요가 있어서라고 했다.

그렇다 보니 헨리 잭슨 교수는 빨라야 닷새 정도는 걸릴 거라고 이야기를 해 둔 상태였다.

건형 입장에서는 다행인 일이었다.

주말에 지현과 함께 여행을 갈 예정인데 헨리 잭슨 교수가 온다면 일정이 꼬여 버릴 수 있기 때문이었다.

오히려 헨리 잭슨 교수가 친절하게 일정을 늦춰 준 게 아닌가라고 생각할 정도로 그의 타이밍은 훌륭했다.

건형은 씻고 난 다음 논문 사이트에 접속했다.

여전히 그는 정회원이었고 사이트에 올라와 있는 어느 논문이든 자유롭게 열람이 가능했다.

오랜만에 들어온 것이라 그런가 양질의 논문이 여러 편 올라와 있었다.

건형은 논문들을 틈틈이 읽어 보며 새롭게 연구되고 있는 학문은 어떤 것이 있는지 요새 경향이나 추세는 어떤지 확인해 보기 시작했다.

그렇게 논문들을 확인하는 사이 어느덧 시간이 차곡차곡

지나갔고 약속 시간이 다 되어 갔다.

건형은 P사의 스포츠카를 몰고 약속 장소로 빠르게 움직였다.

약속 장소에 도착한 뒤 건형은 차에 기대선 채 민수를 기다렸다.

얼마 지나지 않아 깔끔하게 잘 차려입은 민수가 모습을 드러냈다. 고시 생활을 하면서 폐인처럼 지내는 건 아닌가 걱정했는데 그의 표정은 생각보다 밝아 보였다.

"민수 형!"

"잘 지냈어?"

민수가 터벅터벅 걸어왔다.

건형이 그런 민수를 끌어안았다.

"야, 임마. 나 남자 안 좋아한다."

"저도거든요. 그리고 저는 여자친구도 있다고요."

"알아. 알아. 후, 내 동생이 우리나라 최고의 아이돌 가수와 연애를 하게 될 줄이야."

"하하. 그렇게 되나요?"

"그렇지. 몸매 좋아, 얼굴 예뻐, 성격 착해. 그만한 여자애가 어딨어? 내가 그때 지현이 반드시 잡으라고 했잖아. 그런데 지현이는 같이 안 왔어?"

"스케줄 때문에 바빠서 못 왔어요. 다음번에 한번 같이 올게요."

"그래, 지현이 얼굴도 못 본 지 꽤 되어 가네. 고아원 애들도 지현이 다시 보고 싶어 하더라. 이번에는 페이가 꽤 세서 어려울려나?"

"그럴 리가요. 지현이라면 흔쾌히 수락할걸요?"

"회사 문제도 있잖아. 소속사가 싫어하면 어떻게 하려고?"

"에이, 거기 소속사 대주주 겸 이사가 바로 접니다. 걱정하지 마세요. 언제 한번 시간 내서 찾아갈게요."

"그래, 고맙다. 일단 밥이나 먹자. 오랜만에 포식 좀 해야겠다."

"그래서 뷔페 가자고 한 거였어요?"

"그럼 어딜 가. 뷔페가 최고지. 자자, 들어가자."

건형은 민수와 함께 뷔페 안으로 들어왔다.

자리를 잡은 다음 민수는 곧장 평소 먹고 싶었던 것들을 싹 다 담아 갖고 오기 시작했다.

건형은 조금씩 음식을 덜어 먹으며 민수와 그동안 쌓여 있던 여러 이야기를 나눴다.

"공무원 준비는 잘 되어 가요?"

"휴, 말도 마. 요새 장난 아니야. 정부에서 공무원만 죽어라 괴롭히고 있잖아."

"네?"

"이번에 공무원 연금 반으로 깎은 거 모르지? 장난 아니야. 그러면서 고작 하는 말이 애국심이 충만한 공무원이라면 그 정도는 감수해야 하는 거 아니냐고 하더라."

"하하. 정신 나갔네요."

"그런데 너도 알다시피 공무원에 대해 국민들의 반감이 좀 크잖아. 정부에서도 여러 번 공무원에 대해 안 좋은 이야기를 막 퍼트리기도 했고. 솔직히 말해서 애국심보다는 우리나라를 더 발전시키고 싶은 마음에서 공무원하려는 건데. 최소한 먹고 살 수 있게는 해 줘야 하는 거 아니겠냐? 어쨌든 그것 때문에 요새 영 힘들어. 공무원 카페에서도 이 일로 말들이 많고."

"그럴 수밖에 없겠네요."

"그러니까. 그래서 나도 요새는 고민 중이다. 그냥 공무원 준비하던 거 때려 치고 복지사나 할까 하고. 고아원에도 일손이 없어서 여러모로 힘들다고 하더라. 그래도 네가 꾸준히 후원해 주는 덕분에 먹고사는 건 괜찮아졌는데 아무래도 힘 좀 쓰는 장정이 몇 명 없다 보니까……."

"그래요? 음. 저도 틈틈이 가서 도울게요."

"됐어. 너 요새 바쁜 거 내가 모를 줄 알아? 태원 그룹에서도 너 만나자고 했다며? 후, 너가 내가 알던 그 건형이가 맞는지 요샌 헷갈릴 때도 있어."

"그게 무슨 말도 안 되는 소리예요?"

"하하, 그럴 수밖에 없잖아."

민수가 멋쩍게 웃어 보였다.

그도 그럴 것이 몇 달 전에만 해도 대학교 학비 번다면서 공사장에서 아르바이트하던 녀석이 지금은 태원 그룹의 회장과 친하게 지내고 탑티어의 걸그룹이라고 할 수 있는 지현과 사귀고 또 크렐레 저널에 논문이 실리기까지 하고 있으니 어안이 벙벙할 수밖에.

"그래도 형하고 친한 동생이라는 사실은 변하지 않아요."

"그래. 그렇게 생각해 준다면 나야 정말 고맙지."

"무슨 한탄하려고 나온 건 아니죠?"

"그럴 리가. 그냥 오랜만에 너 보니까 부러워서 그렇지."

건형은 그 말에 정색하며 말했다.

"형, 그러지 마요. 저는 그때 형이 얼마나 멋있었는지 모를 거예요. 학비도 척척 마련하고 공무원 준비도 척척 하고 거기에 고아원에서 봉사활동도 하고. 그때 형은 제게 완전 슈퍼맨이나 다름없었어요."

"너무 금칠해 주는 거 아니야?"

"아니에요. 진짜예요. 형이 공무원 준비 때문에 바빠서 자주 연락 못 한 거지 만약 공무원 준비 안 했으면 매일 연락했을걸요. 정말 형 같은 사람을 어디서 또 만나요. 완전 진국인데. 지현이도 형 보고 싶다고 했는데 스케줄 때문에 못 온 거예요."

"그렇게 말해 주니까 고맙네. 지현이도 오랜만에 보고 싶다."

"나중에 한 번 봐요. 아니면 고아원 가서 봐도 좋고."

"그래, 그렇게 하자."

건형은 곰곰이 고민에 잠겼다.

민수에게도 그의 재능을 일깨워 주고 싶다는 생각이 들어서였다.

만약 그가 공무원 할 재능이 아닌데 공무원에 도전하는 것이라면?

그만큼 인생을 허비하게 되는 것이다.

그리고 나중에 되돌아오려고 하면 그때는 더 이상 시간

이 없어지게 될 터.

그의 재능이 무엇인지 찾아내 주고 싶었다.

그렇지만 그전에 건형은 상대방의 동의를 구해야겠다고 생각하고 있었다.

상대방의 동의, 만약 그가 허락한다면 그때 한번 시도해 볼 생각이었다.

"형. 점심 먹고 바빠요?"

"응? 다시 시험 공부하러 가야지. 휴, 올해는 어떻게든 합격해야지."

"필기시험이 다음 주라고 했죠?"

"응, 귀한 시간 낸 거야. 원래 시험 전까지 아무도 안 만나려고 했는데 그래도 네가 보자고 하길래 나온 거거든."

어느새 8월 달도 그 끝을 보이고 있다.

건형도 조만간 중간고사를 치를 준비를 해야 했다.

그러나 딱히 걱정하는 건 없었다. 시험공부를 하지 않아도 모든 과목을 A+ 받을 자신이 있기 때문이었다.

어쨌든 다음 주에 공무원 시험을 본다고 하는 민수를 보며 그의 재능을 일깨우는 것이 옳은 선택인지 그렇지 않은지 고민이 됐다.

망설이던 건형이 결국 입을 열었다.

"형. 저한테는 사실 남들이 알지 못하는 숨겨진 능력이 하나 있어요."

"숨겨진 능력이라고?"

민수가 귀를 쫑긋 세웠다.

갑자기 지혁이 무슨 이야기를 하려는 건지 무척 궁금하다고 대 놓고 표정으로 말하고 있었다.

"그게 뭐냐 하면…… 다른 사람의 재능을 일깨울 수 있는 능력이에요."

"뭐? 그런 게 가능하다고? 정말이야?"

건형의 말이 믿기지 않은지 민수가 연거푸 질문을 쏟아 냈다.

"네. 혹시 강산이라는 배우 알아요?"

"응, 알지. 명품 배우잖아. 연기하는 거 보면 장난 아니던데."

"그 강산이라는 배우의 재능을 일깨운 게 바로 저예요."

"네가 그랬다고?"

"네."

"그런데 혹시 이게 어떤 부작용을 일으킬지 알 수 없는 일이다 보니까 조심스러워져서요. 그래서 형한테 미리 동의를 구하는 거예요."

"흠······."

민수가 고민에 빠졌다.

부작용이 있다고 하는데 그 상황에서 냉큼 수락할 사람이 있을 리가 없었다.

한참 동안 고민하던 민수가 입을 열었다.

"해 줄 수 있어?"

"밥 먹고요. 형네 집 가서 해 드릴게요."

"그래, 부탁하마."

뷔페에서 근사하게 점심을 해결한 다음 건형은 민수 집으로 향했다.

그의 집은 여기서 멀지 않은 곳에 떨어진 한 고시텔이었다. 다섯 평 남짓한 작은 크기에 자그마한 창문이 하나 달랑 나 있었다.

"괜찮은 거예요?"

"응, 물론. 대신 너무 시끄럽게 떠들지는 말고."

"형, 그러지 말고 우리 집에 와서 함께 생활하는 건 어때요?"

"됐어, 임마. 그거 주책이야."

"······휴, 알겠어요. 일단 한번 해 볼게요."

건형은 조심스럽게 심장에 고여 있는 푸른색 기운을 일

으켰다. 그리고 그 기운으로 하여금 민수의 뇌를 일깨우기 시작했다.

민수의 표정이 서서히 풀렸다. 세상의 모든 근심을 짊어진 듯한 얼굴에서 표정이 급격하게 부드러워지고 있었다.

그리고 건형은 그의 뇌를 일깨웠다. 그와 함께 민수의 숨겨진 재능이 차근차근 깨어나기 시작했다.

약 삼십 분에 걸친 시술이 끝이 났다.

건형의 온몸은 땀에 푹 젖어 있었다.

아끼는 형이다 보니 최선을 다하면서 나타난 결과였다.

얼마 지나지 않아 민수가 정신을 차렸다.

건형이 입을 열었다.

"형, 괜찮아요?"

"어? 아, 아아. 괜찮아."

"기분은 어때요?"

"천국이 여기구나 라고 생각했을 정도였어. 진짜 끝내주는데? 이거 무슨 마약 같은 거 아니지?"

"그럴 리가요. 그보다 어때요? 별다른 변화가 없어요?"

건형은 그의 뇌를 자극하면서 우뇌보다는 좌뇌에 조금 더 커다란 영향이 가는 걸 느꼈다.

좌뇌 같은 경우 우뇌보다는 논리, 계산, 추리 등에 영향력을 미치며 자료 기억 활용에 능하고 이성적인 인지력을 갖추게 할 수 있는 것으로 알고 있었다.

감정적인 것과 관련이 있는 우뇌보다는 훨씬 더 이성적이고 현실적이라고 볼 수 있었다.

"음, 아직 딱히 커다란 변화는 못 느끼겠어."

"그래요? 흠, 아쉽네요. 아무래도 좌뇌에 조금 더 많이 영향이 가서 그런 걸지도 몰라요."

"그게 네가 일부러 그렇게 한 거야?"

"아뇨. 형의 뇌가 그것을 원한 거죠."

"어쨌든 고맙다. 그래도 고급 마사지를 받은 거 같은 느낌이야. 온몸이 나른해서 미치겠다."

"하하, 그럼 잠 좀 자 둬요. 저는 먼저 가 볼게요. 아무래도 집에 돌아가서 조금 씻어야겠어요. 있다가 저녁에 약속이 있어서요."

"그래. 나중에 또 연락하자."

"네. 형. 무슨 문제 있으면 언제든지 연락 줘요."

"그래."

밝아진 표정의 민수가 고개를 끄덕였다.

그렇게 건형이 떠나고 난 다음 민수는 침대에 누웠다. 그리고 이불을 머리끝까지 뒤집어썼다. 온몸이 감기에 걸린 듯 열이 나서 펄펄 끓고 있었다.

'병원을 한 번 가 봐야 하나. 이게 그 부작용인가.'

여기서 더 아프면 병원도 가 볼 생각이었다.

그런데 어느 순간 갑자기 머리가 핑 하면서 말끔해지더니 몸 상태가 급격히 좋아졌다.

민수는 자리에서 일어나 책상에 앉았다. 그리고 어려워하던 영어 문제를 읽어 보기 시작했다.

그런데 무언가 이상했다.

평소에는 어렵기 이를 데 없는 영어 문제집이 오늘만큼은 확실하게 읽히고 있었다.

게다가 내용도 쏙쏙 머릿속에 박히는 중이었다.

영어뿐만 아니라 공무원 시험 과목 모두 다 완벽했다.

민수는 자신도 모르게 놀라며 계속해서 공부를 이어 나갔다.

집중력도 크게 향상됐다. 예전 같았으면 두 시간 정도 열심히 하고 나서 무기력증에 빠져 헤맸을 텐데 지금은 달랐다.

몇 시간을 의자에 앉아 있어도 상관없을 것 같았다.

'내 재능은 뭐지?'

그러다가 재능에 생각이 미쳤다.

과연 나의 재능은 무엇인가?

단순히 이렇게 공부를 잘하는 능력?

그것이 재능은 아닐 터.

그러다가 민수는 자신이 밥도 먹지 않은 채 계속 의자에 앉아 있다는 것을 깨달았다.

집중력이 평소보다 훨씬 더 높아졌다.

'집중력일까?'

민수는 집중력을 최대한 더 끌어올렸다.

그리고 그는 계속해서 시험공부를 이어 갔다.

'이렇게라면 충분히 합격할 수 있어.'

목표로 하고 있는 7급 공무원 시험.

이대로라면 충분히 합격할 수 있을 것 같았다.

건형은 집으로 돌아와서 샤워를 한 다음 마저 논문을 읽기 시작했다.

그러는 동안 틈틈이 몇몇 사람들이 그를 채팅에 초대했다.

개중에는 러시아로 대화를 하는 사람도 있었고 스페인어로 이야기를 나누는 사람도 있었다.

그러나 건형은 그들의 언어로 막힘없이 대화를 나눴다.

그 모습에 몇몇 학자들은 혀를 내두르곤 했다.

— 놀랍습니다. 당신은 사람이 맞습니까?

— 물론입니다. 저는 사람입니다.

— 어떻게 모든 나라의 언어를 그렇게 유창하게 쓸 수 있는 겁니까?

— 노력하다 보니 되더군요.

— 하하, 정말 놀랍습니다. 나중에 또 당신과 유익한 대화를 나눴으면 합니다.

건형은 대화를 종료하고 시계를 확인했다.

슬슬 약속 시간이 다 되어 가고 있었다.

그는 깔끔하게 세미 정장을 입은 다음 약속 장소로 향했다.

이번에 그가 정용후 회장을 만나기로 한 곳은 지난번처럼 리츠 칼튼 호텔이었다. 들어 보니 리츠 칼튼 호텔은 태원 그룹이 대주주로 있는 곳으로 사실상 소유권을 가지고 있다고 봐야 할 정도였다.

그렇다 보니 정용후 회장 입장에서는 리츠 칼튼 호텔이 여러모로 편할 수밖에 없을 터였다.

건형은 평소처럼 스포츠카를 몰고 리츠 칼튼 호텔로 향

했다. 외제차다 보니 아무래도 사람들의 시선을 잡아끌 수
밖에 없었다.

그렇게 리츠 칼튼 호텔 앞에 도착한 건형은 발레파킹을
맡긴 다음 호텔 안으로 발걸음을 옮겼다.

정용후 회장은 아직 보이지 않았다.

그 대신 직원이 그를 친절하게 안내했다.

"여기서 기다리시면 됩니다."

"예, 알겠습니다. 그리고 물 한 잔만 부탁하겠습니다."

"예. 잠시 기다려 주십시오."

건형은 커다란 방 안에 홀로 앉아 정용후 회장을 기다리
기 시작했다.

약속 시간까지는 아직 십여 분 정도가 남아 있었다.

그동안 건형은 휴대폰으로 지혁과 대화를 나눴다.

[정용후 회장님은 아직 안 오셨어?]

"네, 곧 오시겠죠."

[지현이하고 같이 휴가 간다고 했지?]

"네. 그럴 거 같아요."

[비행기 표는 구해 둔 거야?]

"이제 구할 준비해야죠."

[어디로 가려고?]

"추천 좀 해 주실래요? 미국은 어렵고 유럽은 너무 멀고 그렇다 보니까 마땅찮은 곳이 없더라고요. 동남아시아나 중국이나 일본 정도가 가장 괜찮을 거 같긴 한데. 어디가 나을까요?"

[휴양을 즐길 거면 세부나 괌 같은 곳이 좋겠지. 제주도도 나쁘지 않고. 그러나 휴양이 아니라 여행을 할 거라면 일본이 좋지.]

"일본은 방사능 때문에 좀 거리낌이 있어요."

[나도 그게 좀 걱정되긴 하는데 그래도 후쿠오카 정도는 괜찮지 않을까? 후쿠시마 근처만 안 가면 될 거야.]

후쿠시마 원자력 발전소 사고로 인해 그 지역은 방사능이 오염되어 버렸다. 게다가 그 방사능 오염수를 고스란히 바다에 쏟아부으면서 국제적인 문제까지 초래하고 있었다.

일본 정부는 방사능 걱정 따위 하지 않아도 된다고 사람들을 안심시켰지만 솔직히 말해서 믿을 수 없는 게 사실이었다.

그렇다 보니 설령 일본으로 가는 한이 있더라도 수산물은 일체 먹지 말아야겠다고 생각 중이었다.

어쨌든 여행지 후보를 압축해서 고민하고 있을 때였다.

문을 두드리는 소리가 들렸다.

약속되어 있는 손님이 찾아온 모양이었다.

그리고 손님이 입을 열었다.

"안으로 들어가도 되겠나?"

목소리를 들어 보니 정용후 회장이었다.

건형이 통화를 끝내고 직접 마중 나갔다.

"들어오시죠."

문을 열고 정용후 회장을 안으로 불러들였을 때였다.

정용후 회장 뒤로 낯익은 얼굴이 보였다.

"응? 당신은……."

"내가 일부러 불렀네. 같이 이야기를 나누는 게 더 유익할 거 같아서 말이야."

"음……."

"그녀는 우리 그룹의 전략 기획실 제2팀 팀장이기도 하거든."

건형이 그녀를 빤히 쳐다봤다.

이제 이십 대 중반의 나이.

그 나이에 전략 기획실 제2팀 팀장이 됐다는 것은 보통 재간이 아니라는 이야기다.

특히 정용후 회장이 인맥이라는 것에 대해 부정적인 생각을 가지고 있다는 걸 보면 더욱더 그러하다.

실력제로 평가를 해서 고용했을 텐데 자신의 손녀를 전략 기획실 제2팀 팀장으로 임명했다는 것은 그만큼 그녀의 실력을 신뢰하고 있다는 증거다.

"두 번째로 뵙네요. 정지수라고 해요."

그녀가 살짝 미소를 지어 보이며 먼저 고개를 숙여 보였다.

건형은 그녀를 보며 속으로 한숨을 길게 내쉬었다.

설마 했는데 지현의 예측이 이렇게 딱 들어맞을 줄은 미처 몰랐기 때문이었다.

어째서 그녀가 그렇게 걱정했는지 이제야 알 것 같았다.

만약 이 사실을 지현이 알게 된다면?

생각만 해도 몸서리치는 일이 아닐 수가 없었다.

그렇다고 해서 그녀보고 돌아가라고 할 수도 없는 노릇이었다.

하는 수없이 건형은 두 사람과 함께 방 안으로 들어갔다.

미리 주문해 뒀던 음식들이 하나둘 나오고 상에 가득 차려졌다.

그러는 동안 두 사람은 아무 말도 하지 않았다.

묵묵히 시선을 아래로 깐 채 침묵할 뿐이었다.

그때 상이 다 차려진 뒤 정 회장이 먼저 입을 열었다.

"미리 말하지 않고 내 손녀를 데려와서 미안하네. 자네가 우리 그룹의 요직을 맡아 줄 용의가 있다면 우리 손녀하고도 대화를 나누는 것이 나을 거 같다고 판단해서였네."

"무슨 뜻인지 이해합니다. 괜찮습니다."

"다행이군. 사실 나는 뒷방늙은이다 보니 여기 차려진 맛있는 음식만 즐기도록 하겠네. 젊은 두 사람이서 대화를 한번 나눠 보게나."

건형은 그녀를 쳐다봤다.

그녀 역시 지지 않고 건형을 마주했다.

지현, 혜미와는 또 다른 유형의 여자.

마음이 심란해졌다.

한편 태원 그룹 전략 기획실 제2팀 팀장이자 정용후 회장의 하나뿐인 손녀 정지수는 며칠 전부터 정용후 회장이 함께 만나볼 사람이 있다고 할 때부터 여러모로 기분이 좋지 않았다.

할아버님이 말하는 사람이 누구인지 그녀도 잘 알고 있었기 때문이다.

그가 나타나고 나서 그룹 내에 많은 일들이 생겼다.

우선 태원 그룹의 사장이자 황태자였던 정인호가 스스로

물러났고 징역형을 살게 됐다. 그녀는 할아버님이 둘째 아버지를 도와줄 것이라고 생각했었다.

그러나 할아버님은 가차 없었고 혈연을 사정없이 떼어 냈다. 그룹을 운영하는 사람이라면 첫 번째가 바로 혈족일지라도 과감하게 내쳐야 한다고 주장하면서 말이다.

그 후 둘째 아버지 정인호의 연줄은 잘게 잘게 끊어졌다. 그리고 그 연줄은 다른 사람들에게 흘러들어 갔고 그녀와도 연줄이 닿은 사람이 여럿 있었다.

이를테면 태원 그룹에 일종의 정당이 여러 개 생겨난 셈이다.

그들 모두 하이에나처럼 권력을 탐하면서 줄을 대고 있는 자들이었지만.

그러나 할아버님은 그들을 내칠 생각은 하지 않았다.

그 대신 기업 쇄신을 강조했다.

그동안 방만하게 운영하던 태도를 버려야 한다고 역설했다.

그러면서 그녀를 불러 이야기를 했다.

박건형이라고 마음에 드는 사람이 한 명 생겼는데 그를 그룹 내 요직에 앉힐 생각이라고 말이다.

당연히 그녀는 반대할 수밖에 없었다.

그룹 일에 대해 아는 사람도 아니고 심지어 아직 대학생이라고 하는데 고작 퀴즈 우승 한 번 했다고 그를 그룹 내 요직에 앉힐 수는 없는 것이었다.

결국 할아버님이 그를 만나러 간다는 말에 그녀도 억지로 발걸음을 옮겼다.

어쨌거나 그녀는 정용후 회장이 가장 아끼는 하나뿐인 손녀였고 그 덕분에 다른 사람보다는 발언권이 더 강했기 때문이다.

그렇다 보니 지수의 눈매는 날카롭게 빛나고 있었다.

눈앞에 있는 이 박건형이라는 남자가 어떤 인물이길래 할아버님께서 그렇게 무한한 신뢰를 하고 계신 건지 제대로 파악을 해야 했다.

반면에 건형도 그녀의 생각을 읽고 있었다. 그렇기에 난처할 수밖에 없었다.

그녀가 자신한테 바라는 것이 그녀의 할아버지가 자신한테 바라는 것과 서로 어긋났기 때문이다.

그때였다.

가만히 있던 그녀가 먼저 공격을 해 왔다.

"할아버님께는 이야기 많이 들었어요. 퀴즈쇼에 나가서 우승도 했고 크렐레 저널에 논문도 게재했다고 들었어요.

정말 타고난 인재라고 극찬을 하시더군요. 그룹의 위기를 헤쳐 나가기 위해서는 당신 같은 사람이 꼭 필요하다고 말이죠. 그러나 저는 몇 가지 의구심이 있어요. 정말 당신이 태원 그룹을 맡으면 이 위기를 헤쳐 나갈 수 있는 것인지 또 당신이 우리 그룹에 대해 얼마나 아는지 그런 것들이 궁금해요. 아무것도 모르는 사람한테 덜컥 우리 그룹의 미래를 맡길 수는 없잖아요."

속사포처럼 말이 쏟아져 나왔다.

처음 봤던 단아한 인상과 다르게 날카롭기 이를 데 없는 말들.

건형은 그녀가 오랜 시간 준비해 왔다는 것을 알 수 있었다.

그녀를 상대로 자신은 무슨 말을 해야 할까.

건형은 차분한 목소리로 대답했다.

"우선 저는 아직 결정을 내리지 않았습니다."

"그게 무슨 말인가? 이미 결정을 내린 거 아니었나?"

잠자코 듣고 있던 정용후 회장이 벌떡 자리에서 일어났다.

"회장님, 끝까지 들어 주시죠."

"크흠."

정용우 회장이 자리에 앉고 난 다음 다시 대화가 이어졌다.

　"또 당신의 걱정도 충분히 이해를 합니다. 그런 걱정을 할 수 있다고 생각합니다. 오랜 시간 애정을 갖고 키워 온 그룹일 테니까요."

　"그렇습니다."

　"그러나 한 가지 분명하게 말할 수 있는 건 태원 그룹은 지금 백척간두에 놓여 있다는 겁니다. 그리고 그 위기를 해결하기 위한 방법이 필요한 상황이고요."

　여전히 국내에서 세 손가락 안에 들어가는 대기업이 바로 태원 그룹이다.

　세계에서도 인정받고 있다.

　그런 대기업이 위기에 봉착했다고?

　"태원 그룹의 지분율을 놓고 보면 그것이 더 잘 드러납니다. 현재 태원 그룹은 외국인에게 지나치게 지분율이 높게 되어 있습니다. 그리고 회장님의 지분율이 너무 낮은 상황이죠. 정인호 사장이 회장님의 주식을 일부 가져다가 판 것 때문이죠. 그렇다 보니 경영권에 관해 잡음이 나오게 되면 제대로 그것을 방어할 수 있을지 확신할 수 없는 상태입니다."

"오랜 시간 태원 그룹을 확실하게 이끌어 오신 분이 할아버님입니다. 그런 걱정은 하지 않아도……."

"문제는 회장님의 연세죠. 주주들은 그것에 대해 큰 우려를 하고 있을 겁니다. 더군다나 정인호 사장이 징역형을 살게 되면서 후계권 구도에도 문제가 생겼죠."

"휴, 그래서요?"

"저는 태원 그룹에 해를 끼칠 생각이 없습니다. 오히려 저는 태원 그룹의 백기사로 나설 생각입니다."

"백기사요? 당신이 말이죠?"

"어려울 거라고 보십니까?"

그녀도 알고 있다.

건형이 월스트리트에서 잘 나가는 펀드매니저라는 것을 말이다. 그리고 그의 주식 수익률이 엄청 나다는 것도 안다.

그 명성이라면?

태원 그룹의 경영권을 지키고 더 나아가 결속을 다지는 데 충분히 힘을 보태줄 수 있을 것이다.

그렇지만 한편으로는 인정하고 싶지 않은 것도 사실이었다.

그때 잠자코 두 사람의 대화를 듣던 정용후 회장이 너털

웃음을 터트리며 말했다.

"하하, 이 정도면 됐다. 지수야, 괜찮지 않더냐? 충분히 우리에게 힘이 되어 줄 사람이다."

"할아버님!"

"그건 그렇고 자네한테 한 가지 물어보고 싶은 게 있네."

"말씀하시죠."

"내 손녀를 도와서 우리 기업을 되살려 줄 수 있겠나?"

"……가능합니다."

"그럼 부탁하겠네. 자네한테 전권을 위임하겠네."

건형은 정용후 회장을 똑바로 바라봤다.

항일전쟁도 하고 독립군의 자금도 마련하면서 건국 초기 분주하게 움직였으며 태원 그룹을 자수성가시킨 게 바로 정용후 회장이다.

그렇지만 그 역시 기업가.

백 퍼센트 그를 믿는다는 건 어려운 일이다.

그도 사람인 만큼 욕심이 있고 또 자기만의 가치관이 확고하게 있을 테니까.

그래도 그에게 기대하는 점이 있다면 그가 청렴결백한 사람이라는 점이다.

만약 여느 기업인과 같았다면 그 역시 자신의 자식을 구명하기 위해 온 힘을 쏟았을 테니까.

그런 점에서 놓고 보면 그는 그래도 공과 사를 엄격하게 구분하는 사람이라고 볼 수 있었다.

그렇기 때문에 그를 도울 생각을 하게 된 것이었다.

만약 그렇게 하지 않았다면 지혁이 도와 달라고 해도 도와주지 않았을 터.

'이제부터 시작이야.'

한 걸음, 한 걸음.

천천히 밟아 가면 되는 일이다.

여태 해 왔던 것처럼 다크 나이트로서 사회의 불합리함을 극복하는 것.

그리고 태원 그룹을 회생시킬 뿐만 아니라 우리 사회에 암약하고 있는 해악을 모두 없애는 것.

언젠가는 결국 건형이 해야 할 일이자, 사회에 꼭 필요한 일이었다.

"잘 부탁하겠네."

정용후 회장이 건형에게 손을 내밀었다.

건형도 그 손을 마주 잡았다.

이제 남은 건 앞으로 나아가는 것뿐이었다.

그때 정용후 회장이 건형을 쳐다보며 입을 열었다.

"그런데 말이야. 강해찬 국회의원과 무슨 관계인 건가?"

"예? 무슨 일이라도 있었습니까?"

"강해찬 국회의원의 보좌관이라는 자가 며칠 전 우리 그룹으로 연락을 해 왔다네. 자네를 비호하려는 움직임을 보이지 말라고 말이야."

"장형철 보좌관 맞습니까?"

"맞네."

"음."

아버지를 뺑소니한 용의자가 강해찬 국회의원이라고 이야기를 해야 할까 말까.

곰곰이 고민하던 건형은 입을 열었다.

이미 한 배를 탄 사이다.

말하지 않을 이유가 없었다.

"우리 아버지 뺑소니 사고를 일으킨 용의자가 강해찬 국회의원입니다. 정확히 이야기하면 그는 지시를 내린 거고 한 사람은 따로 있겠지만요."

"그게 사실인가?"

정용후 회장이 눈을 부릅떴다.

믿기지 않는 일이다.

그러나 '강해찬 국회의원이 왜?' 라고 생각해 보니 이유가 짐작됐다.

그 당시 리폼 코리아 프로젝트는 썩어 들어가는 대한민국의 환부를 도려내기 위해 만들어졌고 강해찬 국회의원도 그 명단에 포함되어 있었기 때문이다.

"후, 그자가……."

"뭐, 지금 당장은 모른 척해 주십시오."

"모른 척을 해 달라?"

"예. 그자는 제가 직접 나서서 상대할 생각이니까요."

"흠. 딱히 도움을 줄 건 없나?"

"예, 그렇습니다."

"알겠네."

리폼 코리아 프로젝트의 부활.

그 첫 장은 바로 강해찬 국회의원의 몰락이 될 것이다.

건형은 그렇게 굳게 다짐하고 있었다.

아버지의 복수를 위해서.

그리고 이 나라의 더 나은 미래를 위해서.

〈다음 권에 계속〉